AF398803

LA
LETTRE DU PAPE
ET
L'ITALIE OFFICIELLE

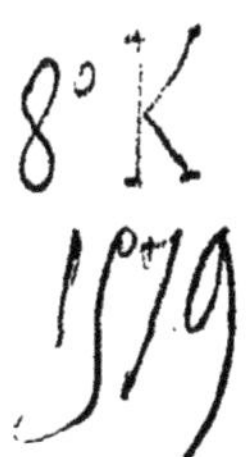

LA
LETTRE DU PAPE
ET
L'ITALIE OFFICIELLE

« ... Uno stato di cose nel quale il Romano Pontefice
non debba essere soggetto a nessuno, ed abbia a godere
di una piena e non illusoria libertà... »

(*Lettre* de Léon XIII au Cardinal secrétaire d'État.)

Libertà va cercando, ch' è si cara...

(*Purgat.*, C. I, V, 71.)

PARIS

LIBRAIRIE ACADÉMIQUE DIDIER

PERRIN ET Cⁱᵉ, LIBRAIRES-ÉDITEURS

35, QUAI DES GRANDS-AUGUSTINS, 35

1887

Tous droits réservés.

LA LETTRE DU PAPE

ET

L'ITALIE OFFICIELLE

I

LE PAPE

ET LE GOUVERNEMENT ITALIEN

Fière de conquêtes scientifiques qui dépassent toutes les ambitions, et d'un progrès matériel sans exemple comme sans limites, la société contemporaine est pourtant en proie à de cruelles angoisses. Au moment où elle s'asservit les forces physiques, les forces d'un autre ordre se tournent contre elle. Elle se sent ébranlée dans ses profondeurs, et craint de voir fléchir les bases sur lesquelles, jusqu'à ce jour, elle se flattait de reposer, l'esprit de devoir et l'esprit de sacrifice : le monde moral est en péril.

La philosophie spiritualiste soutient avec plus de courage que d'espoir, peut-être, les assauts d'un positivisme matérialiste. Ce dernier a pour auxiliaires contre le devoir la passion, contre le sacrifice la jouissance. Dans cette lutte inégale, le spiritualisme philosophique semble être à bout de moyens de résistance. Près de défaillir, il se demande d'où lui viendra le secours, et quel allié serait en mesure

.... everso succurrere sœclo.

La mère et l'éducatrice du monde moderne, la puissance qui l'a tiré des ruines du vieux monde romain; qui a sauvé la civilisation des submersions de la barbarie premièrement, puis des étreintes de l'invasion musulmane; qui, après avoir enfanté une société complète, épanouie au treizième siècle, a dirigé cette société dans sa transformation, en protégeant la renaissance des lettres, des arts, des sciences philosophiques; qui, aux époques de sa toute-puissance, a soutenu et personnifié, plus d'une fois, les droits de l'esprit contre la force, l'Église a entendu le cri d'alarme du spiritualisme assiégé; et, incarnée dans un Pape qui est tout ensemble son guide et son instrument, elle tend la main au monde moral en détresse.

On est quelqu'un, quand on représente vingt siècles de services de cet ordre rendus à l'humanité; quand on peut, sur les ruines entassées des empires et du haut de l'histoire, s'affirmer « le pouvoir qui embrasse par sa nature tous les temps et tous les lieux [1] »; on est quelqu'un, dans ces conditions : l'Allemagne le croit, et fait volte-face dans une lutte témérairement engagée; l'Angleterre le croit, et

---

1. Il potere di cui siamo investiti abbraccia di sua natura tutti i tempi e tutti i luoghi. (Lettre du Pape.)

cherche les moyens de renouer des relations interrompues depuis trois siècles ; l'empereur de Russie le croit, et négocie pour arriver à s'entendre avec la partie catholique de ses peuples ; l'Espagne le croit, et accepte la médiation qui la préserve d'une lutte redoutée ; les États-Unis le croient, et offrent comme auxiliaires au Pontife romain ses soixante-quinze évêques et ses quinze millions de fidèles ; la France enfin le croit, et, en dépit d'erreurs passagères et de l'ébullition d'une écume qui s'agite à sa surface, proteste qu'elle entend, d'après le vœu de Léon XIII, « observer, selon l'esprit et selon la lettre, des pactes solennellement jurés » ; le monde entier le croit.

M. Crispi ne le croit pas.

Quand on demande à la tribune de Monte-Citorio quelle est la politique que le gouvernement italien compte suivre à l'égard du Vatican, et ce qu'il se propose de répondre à la provocation pacificatrice adressée par Léon XIII à l'Italie[1], M. Crispi dit simplement :

« La conciliation ! Qu'est-ce que c'est que cela ? Nous ne savons ni ne voulons rien savoir de ce qui se pense ou se dit au Vatican[2]. »

Et il se replie dans le silence de la force.

En d'autres termes, le gouvernement italien, par la bouche de M. Crispi, répond au chef de l'Église qui

1. Allocution du 23 mai 1887.
2. Réponse à l'interpellation de M. Bovio.

lui fait des avances de paix, au monde qui écoute, à la diplomatie qui observe : « Je n'admets pas la controverse ; j'ai mis la main sur la capitale du monde chrétien : *beati possidentes !* — Après tout, que nous veut le Pape ? Nous lui avons fait sa part et taillé son rôle. Il a mesuré la première ; qu'il s'étudie au second. Ce qu'il lui faut à lui et à l'Église, nous le savons ; ce qu'en pense l'univers ? peu nous importe.

« Que le Pape et le monde catholique s'arrangent donc de leur côté, nous du nôtre. Aux lamentations de Léon XIII qui nous agacent, à l'indiscrète sollicitude des nations étrangères, nous n'avons qu'une réponse : l'affirmation du fait acquis ; nous n'opposons qu'un sentiment : l'indifférence ; qu'une attitude, l'impassibilité dans le *statu quo*. Nous déclarons toute discussion close : il n'y a plus de question romaine. »

Telle est en quelques mots, et résumée en une déclaration authentique et récente, la politique du gouvernement italien dans une question qui, plus que jamais, tient aujourd'hui l'Église et le monde en suspens.

Le monde et le chef de l'Église trouvent que la réponse est sommaire ; que la politique exposée est imprudente jusqu'à paraître enfantine ; et Léon XIII, dans une Lettre qui émeut les nations et fera époque dans l'histoire, expose les raisons pour lesquelles la déclaration du gouvernement italien — seul de son avis — ne lui paraît compatible ni avec le droit et les lois primordiales, ni avec la justice, ni avec les exi-

gences inéluctables de l'Église universelle, ni avec
les inquiétudes du monde politique aussi bien que du
monde chrétien, ni avec l'histoire, ni enfin avec les
intérêts du pays qu'il aime parce qu'il est le sien, et
que « la nature l'a mis le plus près de son cœur », avec
les intérêts de l'Italie elle-même.

II

LA LIBERTÉ DU SAINT-SIÈGE

ET L'UNITÉ DE L'ITALIE

Pour que le Pape gouverne l'Église qui a ses intérêts dans toutes les régions du globe, catholiques ou dissidentes ; pour qu'il soit en mesure de prêter, avec une entière impartialité, « aux peuples et aux gouverments » et à tous les groupes de « la famille humaine [1] » le secours de sa force propre, et d'assurer l'expansion de « la vertu sociale du catholicisme » ; pour qu'il demeure le représentant du principe qui sauvegarde l'indépendance des âmes contre les « croyances laïques » obligatoires, et les forces morales contre cet idéal du fanatisme à rebours et cette idole de l'intolérance jacobine qu'on appelle l'État-Dieu ; pour qu'en un mot le Pape s'acquitte sans entraves des devoirs de sa charge, et remplisse la mission qui est sa raison d'être, il faut qu'il soit libre d'une liberté palpable et tangible ; et il faut qu'étant libre, il le paraisse.

Or, il ne paraît plus libre, et, en fait, il risque de ne pas l'être, s'il devient le sujet de qui que ce soit ; et il est sujet, bien que décoré, par une sorte d'aumône, des prérogatives du souverain, s'il réside par le bon vouloir

1. Lettre du Pape.

ou par la tolérance de qui que ce soit, sur un sol relevant d'une souveraineté autre que la sienne ; s'il se trouve ainsi le jouet des incidents politiques et la proie éventuelle d'une majorité. Au moment où le Souverain-Pontife fit établir dans les dépendances du Vatican un hôpital destiné aux cholériques, les organes attitrés du parti qui, selon ses déclarations réitérées, s'est donné pour mission « la destruction totale de l'Église », — du parti dont le chef, notez ce point, est aujourd'hui même au pouvoir, — n'ont-ils pas soutenu que les agents du gouvernement italien auraient le droit, dans un intérêt de sécurité publique, de pénétrer au cœur même du palais apostolique, et, le cas échéant, de pousser leurs investigations *jusque dans les appartements du Saint-Père ?*

Il y a quelques semaines, le journal du premier ministre Crispi déclarait allègrement que la lettre de Léon XIII rend son auteur justiciable du code pénal italien, et que si, — fait regrettable, — la loi des Garanties met la personne du chef de l'Église à l'abri des poursuites judiciaires, le journal du Pape, qui a publié cette lettre, tombe sous le coup de la loi sur la presse. Si l'œuvre personnelle de Léon XIII n'est pas déférée à la justice, l'abstention du ministère public est la preuve éclatante et donne la mesure de « la tolérance du gouvernement italien ».

Il convient donc de le demander [1] : où en serait le

1. « È ovvio invece prevedere dei casi in cui la condizione del Pontefice

Pape, où en serait la papauté, au cas d'une guerre européenne où l'Italie serait impliquée ? Qu'adviendrait-il, dans l'hypothèse dont il faut bien, depuis les traités qui portent la signature du comte de Robilant, entrevoir la possibilité, d'une guerre directement engagée entre l'Italie et la France ? Quelle serait l'indépendance du chef de l'Église dans ses communications avec le monde catholique, ou une partie du monde catholique ? Quelle serait la liberté d'allures de ses nonces, non moins que celle des ambassadeurs accrédités auprès du Pape ? Lors de la discussion de la loi des Garanties, un amendement fut présenté en vue de la situation dont on parle : cet amendement fut repoussé, non parce qu'il n'était pas fondé en principe, mais parce que, fut-il déclaré, il est des circonstances dans lesquelles une seule loi doit être invoquée, *la raison d'État.*

Dans cette raison d'État, seule règle désormais des rapports du gouvernement italien avec le Saint-Siège, que d'éventualités menaçantes, éventualités inacceptables pour la papauté, parce qu'elles sont inacceptables pour le monde chrétien tout entier !

Ce n'est pas la liberté morale que le Saint-Siège revendique et qu'il s'agit de lui assurer. Cette liberté-là existe de soi et par soi. On ne la donne pas plus qu'on

diventi anche peggiore, sia per la prevalenza di elementi sovversivi e di uomini che non dissimulano i loro propositi contro la persona e l'autorità del vicario di Christo ; sia per avvenimenti guerreschi e per le moltiplici complicazioni, che da questi potrebbero nascere a suo danno. » (*Lettre du Pape.*)

ne la confisque : le Christ était libre dans le prétoire ;
Pie VII était libre dans sa prison de Savone. La liberté
que le Pape réclame, parce que cette liberté est la
condition *sine quâ non* de son action régulière dans le
monde, et que le monde ne lui permettrait pas de ne la
point réclamer, c'est la liberté extérieure, une liberté
qui soit à la fois un signe et un rempart : un signe pour
toutes les nations de la terre, un rempart contre les
caprices des événements. Cette sorte de liberté, la
société politique et la société religieuse ont cru l'avoir
assurée, et le Pape en a joui, depuis la sortie des cata-
combes, sous la protection de garanties matérielles.
Ces garanties, dans leurs transformations historiques et
en des conditions mobiles comme tous les faits humains,
— tantôt protectorat municipal et républicain, tantôt
suzeraineté ou souveraineté plus ou moins nominale
sur des communes libres, tantôt exercice d'une autorité
constitutionnelle limitée par des pactes, tantôt royauté
absolue et gouvernement centralisé,—ces garanties ont
reçu un nom dont la signification a été variable comme
les phénomènes politiques qu'il désignait, le nom géné-
rique de *Pouvoir temporel*.

Le pouvoir temporel, sous la forme que les trois derniers siècles ont connue, celui que l'esprit d'absolu-
tisme centralisateur reconstitua en 1815 et lors de la
Restauration de 1849, dans une Italie divisée en états
distincts, ce pouvoir-là a cessé d'être. Il a disparu dans
la création d'un organisme nouveau sorti, en 1860, des

événements et de la nécessité. Inconciliable avec le système né du triomphe de l'indépendance d'un peuple et de la résurrection d'une nationalité, il a perdu les bases politiques et sociales sur lesquelles avait reposé le gouvernement ecclésiastique, depuis le seizième siècle. Il ne saurait revivre — le passé appartient au passé, — retrouvât-il en lui-même des conditions de vie, que par la destruction de l'unité italienne.

Or, l'unité qui ne semblait conforme, pourquoi ne pas l'avouer ? ni à la nature physique et morale, ni au génie, ni à la vocation historique, ni aux traditions séculaires de l'Italie ; l'unité que les plus grands citoyens de cet illustre pays, en notre siècle, Balbo, Manzoni, Gioberti, Tommaseo, Manin, d'Azeglio, Capponi, Cavour lui-même, avant 1860, n'ont ni désirée, ni entrevue[1] ; que ses amis les plus sincères peut-être ne lui souhaitaient pas ; l'unité qui a fait succomber la patrie de Machiavel à la redoutable tentation de se parer du titre de « grande puissance », en affrontant les risques d'un tel rôle ; l'unité qui, du moins, lui permettrait, si des rêves périlleux ne l'éblouissaient pas, de trouver, dans une activité pacifique et féconde, les avantages inappréciables d'une prépondérante neutralité ; l'unité, quoi qu'on pense et quoi qu'on veuille, est désormais, pour l'Italie, il faut le reconnaître, la condi-

---

1. « Avant 1860, qui pensait à l'Italie *une*? Des sectaires, oui ! Il faut les avoir vus. Quelques exceptions à part, leur idéal était la France de Marat : Robespierre, avec son *Être suprême,* était un jésuite. Qui donc entrevoyait l'unité ? » (Massimo d'Azeglio. *Agli elettori,* 1865.)

tion de la paix intérieure, la garantie de l'indépendance, la loi définitive du développement national.

Mais, en créant l'unité, en incorporant les anciennes provinces de l'Église à l'organisme qui resserre, autour d'une capitale unique, ses parties divergentes, concentre ses forces, et relie en un faisceau ses éléments constitutifs, l'Italie ne supprimait et ne pouvait supprimer ni la nature des choses, ni les nécessités qui s'imposent au nom de la civilisation chrétienne, ni les lois providentielles, ou, si l'on veut, les « fatalités tragiques » de l'histoire.

De par ces fatalités ou ces lois, l'Italie est et demeure responsable devant le monde. Être liée indissolublement à la papauté, c'est la nécessité sans doute, pour l'Italie, d'affiner son génie, et, au milieu de difficultés de la nature la plus délicate, de mettre en œuvre les ressources inépuisables de son esprit politique ; mais, c'est pour elle, à coup sûr, la cause d'un prestige exceptionnel et d'une incomparable grandeur. L'Italie sait, ainsi que le déclarait, quelques mois avant son avènement au ministère, le député Crispi, qu'elle « n'a pas de victoires à opposer aux victoires pontificales » ; que c'est par Léon XIII et non par aucun autre que le nom italien retentit si haut, depuis dix années ; et que si, aujourd'hui même, elle fait figure dans le monde, c'est grâce à l'hôte auguste qu'abritent les murs du Vatican. En sorte que la vérité sur le présent et sur l'avenir de la Péninsule est véritablement exprimée

par cette formule : « Avec le Pape, l'Italie est grande
et respectée ; sans le Pape, elle est privée de sa meilleure gloire ; contre le Pape, elle est exposée à tous
les malheurs [1] ».

L'Italie ne saurait donc se refuser à pourvoir par des
conditions suffisantes à l'absence des garanties d'indépendance dont jouissait antérieurement le Saint-Siège.
Aujourd'hui, comme à toutes les époques, l'Italie, siège
de la papauté, est redevable de ces conditions au Pape [2],
parce que le Pape en est redevable à l'univers.

Or, ces garanties, sous la forme nouvelle qu'elles
doivent nécessairement revêtir, ce n'est pas l'Italie
seule qui a qualité pour en déterminer la nature et en
fixer l'étendue. Elles ne peuvent résulter que d'un
accord entre les trois puissances intéressées : l'Italie
qui les propose, le Pape qui les accepte ou les modifie
ou les répudie, le monde chrétien et politique qui in-
tervient comme témoin de l'entente réalisée entre
l'Italie et le chef de l'Église, et qui, par l'intermédiaire

1. Réponse de Léon XIII aux délégués des Congrès catholiques italiens
(juin 1885).

2. Cette vérité, d'ailleurs indiscutable, avait été reconnue par le rapporteur
de la Loi des Garanties, en des termes qu'il convient de rappeler : « Il est
clair que la nation qui a le privilège de posséder le chef de l'Église dans son
sein, et qui a hérité de son histoire même et de son génie l'obligation de ne
pas se séparer de lui, a contracté, par cela même, le devoir d'adapter effec-
tivement son droit public intérieur à la nécessité de ne pas rendre le séjour
du Pape au milieu d'elle ou impossible ou moins conforme à sa dignité... »
« Il dovere di condizionare siffattamente il suo diritto publico interno, da
non rendergli impossibile o meno degna la dimora. » (*Rapport*, au nom de
la Commission, par Ruggero Bonghi, 16 janvier 1871).

de la diplomatie universelle, constate et ratifie cette entente.

Régler à elle seule, sans l'Église, en dehors de l'Église et, par là même, contre l'Église, les conditions de la liberté qu'il faut garantir au Saint-Siège, serait de la part de la puissance qui y prétendrait une erreur inadmissible ou une intolérable témérité. Ce que cette puissance ferait à elle seule serait dépourvu de toute valeur de droit; ce qu'elle se flatterait d'imposer à la papauté pourrait être, à l'occasion, et par les peuples des deux mondes, déclaré nul et non avenu.

Tels sont les principes qui se dégagent de la nature même des choses. Ce sont ces principes qui ont déterminé l'attitude de la papauté vis-à-vis de l'Italie, à partir de 1870 ; ce sont eux qui ont présidé à la controverse poursuivie dans le monde entier depuis les événements de cette époque, et qui ont dicté la lettre récemment adressée par Léon XIII à l'interprète de sa pensée souveraine ; ce sont eux qui s'imposent à la conscience des peuples, et qui s'imposeront tôt ou tard à la raison des hommes d'État.

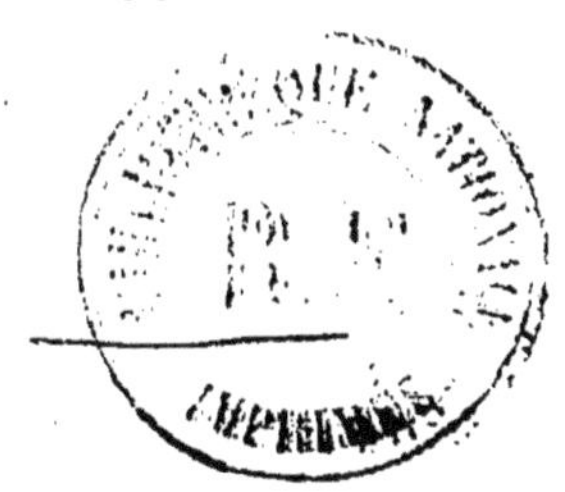

III

LA QUESTION INTERNATIONALE

Ces principes sont directement repoussés et niés absolument par les publicistes de l'Italie gouvernemen - tale, de l'Italie « telle qu'elle est officiellement con- stituée [1] ». La théorie qu'ils développent sous des formes variées à l'infini est le perpétuel commentaire d'un document que l'outrecuidance de ses affirmations, non moins que les circonstances où il fut mis au jour, n'ont pas permis d'oublier, la circulaire adressée aux ambassadeurs italiens par l'ancien ministre des affaires étrangères, M. Mancini, à l'occasion et au lendemain des scandales provoqués par la translation des dé- pouilles mortelles de Pie IX (nuit du 13 juillet 1881), circulaire déclarant avec une inconscience audacieuse- ment naïve, que « la situation du Pape à Rome est un intérêt italien de nature purement intérieur, et ne comporte en aucune façon une discussion interna- tionale ».

Cette théorie a été le fond de toutes les communica- tions officiellement adressées, depuis dix ans, par la *Consulta*, soit à ses agents, soit aux gouvernements

[1] Qual' è officialmente costituita (*Lettre du Pape*).

étrangers, au sujet des graves intérêts qui touchent, de près ou de loin, à la question romaine. L'Italie officielle se flatte d'avoir fondé, à cet égard, une sorte de tradition à son usage, et créé ce qu'elle serait toute disposée à qualifier de dogme diplomatique. Récemment, à propos de l'allocution consistoriale du 23 mai, puis de la note du cardinal Rampolla aux nonces, les feuilles officieuses de Rome, et parmi elles, les plus modérées [1], s'indignaient qu'on osât se permettre une tentative quelconque de donner à la question de Rome, sous quelque aspect que ce fût (*sotto qualsivoglia aspetto*), *un caractère international*.

Pourtant, fait curieux et contradiction saillante ! — contradiction qui, par elle seule, est un argument, — ce même droit d'intervention morale et d'arbitrage des nations étrangères dans le règlement de la question romaine, le gouvernement italien qui le nie, s'il s'agit d'un contrôle, le reconnaît et l'invoque, s'il s'agit d'une consécration.

Au Congrès de Berlin, alors que les différentes puissances se distribuaient des compensations amiables, sous le regard encourageant du prince de Bismarck, et s'adjugeaient, qui la Bosnie et l'Herzégovine, qu l'île de Chypre, qui le protectorat de la Bulgarie, qui la Tunisie, que demanda l'Italie ? Une seule chose : la ratification diplomatique de la possession de Rome et l'acceptation internationale du fait accompli. C'était

1. Notamment *l'Opinione.*

ce qu'elle appelait la politique des *mains nettes*. Le Congrès trouva que ces mains nettes seraient des mains beaucoup trop pleines. Le délégué de la France, le délégué de l'Autriche-Hongrie, le prince de Bismarck tout le premier, déclarèrent ne pouvoir tolérer que pareille question fût posée devant le tribunal européen. Un tel refus, de la part de la diplomatie, était un arrêt. Quand, huit ans plus tard, au mois de mars 1886, une discussion parlementaire à Monte-Citorio mit le ministre de 1878 en demeure de s'expliquer sur le rôle que l'Italie avait joué à Berlin, M. Cairoli se garda de faire connaître un incident qui jetait la lumière sur la pensée intime de la diplomatie, et qui, préjugeant les éventualités, avait laissé deviner clairement, dans la décision de 1878, l'attitude future de l'Europe en présence de la question romaine. L'Italie s'était risquée à solliciter un jugement international ; elle croyait, ce faisant, pourvoir à une nécessité impérieuse et satisfaire à un intérêt vital. Était-elle dans l'erreur alors, en invoquant l'arrêt, ou se trompe-t-elle aujourd'hui en le déclinant ?

En vérité, la méprise n'est pas même possible. Ce sont les voix les plus retentissantes du monde européen qui crient à l'Italie que la papauté, par sa puissance d'expansion incompressible, ferait éclater le cadre étroit où la présomption d'un seul peuple tenterait de mesurer, à sa guise, les conditions de la liberté du Saint-Siège. N'est-ce pas le prince de Bismarck qui, dans une occasion récente[1], se raillant des « préoccupations doctrinaires », mettait en relief « ce pouvoir qui, par son caractère universel n'est étranger nulle part » ? N'est-ce pas un organe de l'Anglicanisme qui, revendiquant l'indépendance absolue de la Papauté comme également nécessaire aux puissances dissidentes et aux états catholiques, démontrait que cette indépendance, dans l'état social actuel, ne saurait être maintenue sans un point d'appui territorial[2] ?

Quoi qu'il en soit, l'aveuglement de la *Consulta* dans l'appréciation de ce grand problème, sa prodigieuse méconnaissance de la nature même de la question engagée, ont provoqué, on ne saurait le dire trop haut, de la part d'illustres hommes d'État italiens, et des moins suspects, les révoltes de la raison et la protestation du bon sens. C'est Marco Minghetti qui, dès 1871[3], dans un débat solennel, s'écriait :

Les catholiques étrangers ont des gouvernements qui les représentent; et ainsi, à quoi bon se le dissimuler? la question est nécessairement internationale; et prenez garde ! On n'évite pas les périls en les niant. (*Nè si evitano i pericoli negandoli.*)

C'est Ruggero Bonghi qui, peu de temps après l'apparition de la circulaire Mancinienne, s'exprimait comme il suit :

Notre prétention, en 1870, a été que le mode d'existence de la

---

1. Discours sur la loi ecclésiastique au *Reichstag*.
2. *Fornightly Review* (septembre 1885).
3. Discussion de la Loi des Garanties.

Papauté, dans la capitale du royaume italien, devait être réglé par un acte de simple législation intérieure. Les gouvernements européens ont laissé faire, par cette raison que, s'ils avaient accédé à un pacte, ils eussent assumé la responsabilité de l'entreprise. Mais la prétention de notre part, confessons-le, n'était pas petite. Car, enfin, ou la Papauté est, et *son mode d'existence intéresse tous les états aux yeux desquels elle compte pour quelque chose;* ou elle n'est pas, et n'en parlons plus [1]...

Il y a quelques raisons de penser, à l'heure présente, même pour l'Italie, que la *Papauté est*, et qu'il faut parler d'elle; c'est pourquoi, un des esprits les mieux équilibrés de la péninsule, M. le sénateur Jacini, s'est efforcé de démontrer à ses compatriotes[2], — puisque ce point, au delà des Alpes, a besoin d'une démonstration, — que la question continuerait, au grand détriment du pays, à être agitée dans le vide, du moment que l'on s'obstinait « à ignorer qu'elle renferme un élément international, comme si, en s'acharnant à l'ignorer, on pouvait faire que cet élément n'existât pas ».

Prétendre, ajoutait-il, que la situation de la papauté à déterminer, de la papauté pouvoir universel et *suprà* national, ne constitue pas une question diplomatiquement ouverte, qu'elle ne pourrait pas être ravivée un jour ou l'autre par quelque puissance dans une pensée hostile à l'Italie... ., déclarer qu'il n'y a pas de question pontificale, cela est bon pour se faire applaudir sur la place publique, en provoquant par contre la pitié des hommes d'État; à moins qu'on n'entende affirmer que la loi du 13 mai 1871

1. *Leone XIII e il governo italiano*, p. 9.
2. Lettre publiée dans l'*Opinione* du 15 juin 1887.

(loi des Garanties) est pour les Italiens ce que le **Coran** est pour les fils de Mahomet, et qu'on ne donne ainsi la preuve incontestable d'une affligeante pauvreté d'esprit.

Ce n'est pas tout : un homme dont il convient de parler avec la déférence due à un caractère irréprochable et à une science de jurisconsulte qu'un doctrinarisme à outrance n'empêche pas d'être profonde, le président du Conseil d'État, M. le sénateur Cadorna, a beau affirmer le droit *souverain* de l'Italie dans la question qui nous occupe; il a beau qualifier très sévèrement[1] toute immixtion de détail, de la part des pouvoirs étrangers, il n'en avait pas moins reconnu précédemment et d'une façon explicite que « la nécessité absolue de la liberté effective du Pape crée un droit pour les peuples catholiques et pour leurs gouvernements[2]. » Sans accorder que les nations étrangères puissent s'entremettre dans la détermination des *voies et moyens* que le pays où réside le chef de l'Église a seul, dit-il, qualité pour choisir en vue de la liberté du Saint-Siège; en réservant, par exemple, pour l'Italie, la faculté formelle de changer, à son gré, et selon les circonstances, la loi actuelle des Garanties; en faisant ainsi reposer la Papauté et les conditions de son indépendance sur un sable mouvant, il avait concédé pourtant que la violation du droit général de contrôle allait,

----

1. *Uno strascico del medio evo, ossia la conciliazione-transazione,* p. 26 (Rome, 1887).

2. *Rassegna di scienze morali e politiche* (janvier 1884).

comme la violation de tout droit international, jusqu'à entraîner des sanctions pratiques du caractère le plus grave, et qu'elle pourrait donner ouverture à ces droits subsidiaires : plaintes diplomatiques (*Lagnanze nelle forme diplomatiche*), menaces de représailles (*minacciare rappresaglie*), et, au besoin, intervention armée (*se torna il conto anche dichiarare la guerra*).

On croit rêver, quand on voit préférer des concessions d'une portée si inquiétante à un arrangement qui mettrait la patrie italienne à l'abri de toute menace extérieure, et ferait disparaître, a-t-on dit justement[1], des « prétextes trop évidents à d'insidieuses manœuvres étrangères ». Quoi! les risques d'une querelle internationale seraient moins fâcheux, au jugement de M. Cadorna, que l'acte de justice et de prévoyance qui rendrait Rome à elle-même et au Saint-Siège, en la maintenant ville italienne, qualité que la neutralité, si elle était reconnue, ne saurait enlever à la Ville éternelle! C'est à de telles extrémités de doctrine que peut conduire le parti pris! Qui prononcerait sur la question litigieuse? Entre le gouvernement italien affirmant qu'il a pris les moyens de garantir la liberté du Pape et le Pape déclarant que ces moyens sont illusoires, qui serait juge? M. le président du conseil d'État trouve-t-il que cette épée de Damoclès perpétuellement suspendue sur la tête

---

1. M. Augusto Conti, Lettre à M. le marquis Malvezzi Campeggi.

de son pays équivaudrait à un paratonnerre? — Dans
quelle étrange et intolérable situation, l'invasion de
Rome et la dépossession du Pape auraient-elles donc,
de l'aveu d'un écrivain si autorisé, placé fatalement et
juridiquement l'Italie?

IV

LA POLITIQUE NATIONALE DE L'ITALIE

Ce qui est d'une extrême importance, c'est que Léon XIII, en élevant ses revendications, est absolument d'accord avec la doctrine politique invariablement professée par les chefs du mouvement national de 1846 à 1870, avec les écrivains et les hommes d'État qui ont le plus honoré leur pays devant l'Europe ; c'est qu'il n'est, on peut l'affirmer, en restant fidèle à lui-même, que le continuateur et le vengeur de la tradition nationale italienne.

Le patriote à l'esprit si fin et au grand cœur, celui que l'Italie appelait son « chevalier » Massimo d'Azeglio, écrivait, deux mois après la mort de Cavour :

Le chef de l'Église doit avoir, et croyez-le, l'*Italie veut* qu'il ait le nom, l'indépendance, la grande et exceptionnelle situation d'un souverain. Il doit résider *seul* à Rome, sur les ruines de deux antiquités que protège et qu'illumine la majesté de la tiare, et Rome doit être, à toujours, en communication libre et directe avec le monde entier. Rome, de son côté, doit être italienne comme toute autre ville d'Italie, sauf l'administration qui sera confiée à un Sénat, y jouant le rôle que joue ailleurs le municipe, et, en même temps qu'il administrera, entourant le Pape d'honneurs particuliers.

L'indépendance financière de Rome serait assurée, continuait d'Azeglio, non par des subsides qui sont aléatoires, mais par des biens, des immeubles, des propriétés assurés au Pape en Italie et dans les divers pays catholiques [1]. Alors le Pape, comme l'Église de Rome dans les beaux temps de ferveur religieuse, redeviendrait possesseur de *biens* déclarés inviolables, et il jouirait de revenus, à la bonne heure ! mais il ne serait plus possesseur d'*hommes*, ce qui est le fléau de l'Église et de la politique, et la cause de tant de misères religieuses et morales [2]. »

Dans l'admirable discours prononcé au Sénat de Turin, lors de l'adoption de la loi sur la translation de la capitale à Florence [3] :

L'Italie comprend, — disait l'homme d'État qui reconstitua son pays après le désastre de Novare, — que le catholicisme, la communion maîtresse de la chrétienté, cette communion si merveilleusement organisée dans sa hiérarchie, pour la transmission immédiate et puissante de la volonté suprême ; que le culte intimement uni aux forces les plus vives de la société, ne renoncera pas, sans une lutte acharnée, au siège où sont accumulés, depuis dix-huit siècles, les monuments les plus vénérés de la foi. L'homme d'État digne de ce nom, qu'il ait ou qu'il n'ait pas une foi religieuse, sait accepter les faits. Je serais curieux de savoir s'il viendrait jamais dans la tête du ministre le plus *voltairien* de la Sublime-Porte, de mettre la Mecque à sac. J'ai peine à concevoir que le catholicisme universel puisse jamais admettre, à côté du Pape au Vatican, le roi d'Italie au Capitole. Eh bien ! je le demande, sommes-nous disposés à une lutte à outrance avec la catholicité tout entière ? Nous conviendrait-il de l'affronter ?

---

1. Cette idée fut aussi celle du comte de Cavour. Elle était énoncée dans le plan qui, en vue d'un arrangement avec le Saint-Siège, fut soumis à des membres éminents du Sacré-Collège, entre autres au cardinal Santucci, président d'une congrégation spéciale instituée, en ces circonstances, par Pie IX, et à Mgr Franchi, depuis cardinal, et mort secrétaire d'État de S. S. Léon XIII.

2. Lettre du 22 août 1861, *Correspondance politique*, p. 207.

3. 3 décembre 1864.

Oui, répondit alors, et répond plus que jamais aujourd'hui [1] la franc-maçonnerie. Reste à savoir si l'Italie laisse à la franc-maçonnerie le droit de parler en son nom; si une secte malfaisante est, aux yeux de l'Europe, définitivement et authentiquement maîtresse; si le moment est venu, pour elle, d'imposer sa loi à la civilisation chrétienne et de mettre la main sur le droit public; si, de par la tyrannie sectaire et nihiliste, elle donnera désormais le mot d'ordre aux hommes d'État.

... On parle, continuait le patriote illustre, de l'extinction de la foi religieuse. J'admets, si telle est l'ambition de quelques-uns, la possibilité d'une époque où nos neveux verront les piliers qui soutiennent la coupole de Michel-Ange s'élever seuls, couverts de lierres, au milieu d'un amas de ruines. Mais, croyez-moi, n'attendons pas cette époque. La coupole de Saint-Pierre est ferme sur sa base, et il me paraît prudent d'en tenir compte parmi les matériaux de notre édifice national!

D'Azeglio parlait ainsi sous Pie IX; peut-être ne parlerait-il pas moins haut sous Léon XIII. Il ne le ferait pas aujourd'hui, à coup sûr, avec une moins saisissante opportunité. Une telle voix, sortant de la tombe, ne jettera-t-elle pas le trouble et la lumière dans la conscience nationale de l'Italie?

Il me semble toujours impossible, écrivait encore d'Azeglio, qu'on veuille et puisse faire de la *Ville* notre capitale. Cette con-

---

1. Lettre du grand-maître de la Franc-Maçonnerie italienne, Lemmi, à la veuve du ministre Depretis (août 1887).

viction est, en même temps que la mienne, celle de Capponi et
de tout ce que l'Italie compte d'esprits vraiment élevés. Il y a,
dans cette question, une certaine aristocratie d'intelligence, —
passez-moi cette expression ambitieuse, — dont le jugement est
seul à envisager. Il s'agit d'une question posée par les siècles au
monde catholique et à la civilisation chrétienne [1].

Et, en effet, l'écrivain et le penseur qui fut le centre
de toute l'activité intellectuelle de son pays pendant
cinquante années, celui dont l'Italie déposait les cen-
dres, il y a trois ans, dans le Panthéon de ses grands
hommes, Gino Capponi, ne varia jamais sur la question de l'installation de la capitale dans la ville qui
porte le poids d'une double immortalité.

Certes, Capponi n'est pas suspect d'indulgence ex-
cessive pour l'ancien pouvoir temporel dont il vit la
destruction; nul, plus fortement que lui, n'avait démontré la nécessité d'une transformation radicale, sous
peine, pour ce pouvoir, de tomber en ruines. Mais, avec
la même force, après les événements de 1860 et de
1862, l'historien de la République florentine résumait
comme il suit les convictions de toute une vie éclairée
par une si profonde expérience des hommes et des
choses :

Je crois que le Pape doit avoir une ville où il n'ait personne
au-dessus de lui; — que cette ville doit être Rome; — et que
Rome serait une mauvaise capitale pour l'Italie. Je crois ces trois
choses fermement [2].

1. *Correspondance politique.* Lettre du 4 mai 1862, p. 221.
2. Ces quelques mots résument les protestations qu'élevèrent, de 1861

Plus tard, en un moment solennel, le 29 décembre 1870, lors du débat sur la prise de possession de Rome, aveugle et impotent, le grand vieillard parut au Sénat de Florence pour y faire entendre sa protestation : « Prenez garde! s'écria-t-il, que de l'indépendance du chef de l'Église va dépendre notre propre indépendance; si ce grand intérèt n'est pas assuré, nous ne posséderons jamais Rome moralement et en sécurité. » Et il tenta de faire comprendre à ses compatriotes que, pour amener une solution, l'entrée des troupes piémontaises dans la Ville éternelle supposait trois choses : « l'adhésion du Saint-Père; — l'approbation des catholiques italiens ; — l'assentiment des puissances étrangères. » Ces trois points, c'était la question romaine tout entière. Le comte de Cavour avait déclaré que ces trois points devaient être résolus, — ceux qui comprennent à demi mot ne s'étaient pas trompés sur le sens d'une telle condition, — avant que l'Italie pût songer à entrer à Rome. Les téméraires et naïfs successeurs du grand ministre ne virent aucune difficulté à ne les aborder qu'*après*, et à entreprendre de les résoudre sans façon, à eux seuls.

Capponi avait donné encore à son pays cet autre et mémorable avertissement :

1870, un grand nombre de publicistes italiens contre les périls que devaient entraîner pour leur pays la déviation de la politique gouvernementale et le projet d'installation à Rome de la capitale administrative et politique. Parmi ces protestations, il faut rappeler la brochure de M. Leonardo Fea, *Roma non può ne deve essere capitale del regno d'Italia*, inspirée par Gualterio, et celle du marquis Salvago, la *Decima legislatura*.

Si l'on faisait du Pape un sujet, sa protestation comme tel mettrait de son côté la catholicité tout entière, et moi tout le premier. Protestant contre la servitude, il protestera comme martyre, et il vaincra, jetant au vent tout fait accompli. (... *E vincerà buttando all' aria tutto il fatto* [1].)

Qui sait si, aux yeux de Léon XIII, de telles paroles n'apparaissent pas comme une prophétie dont l'accomplissement lui serait confié, quand il écrit dans sa lettre au cardinal Rampolla :

Dans le présent état de choses, nous sommes plutôt en la puissance d'autrui qu'en notre puissance. En effet, c'est un pouvoir étranger qui peut, quand et comme il lui plaira, selon les changements des hommes et des circonstances, modifier les conditions mêmes de notre vie pontificale. *Verius in alienâ potestate sumus quàm nostrâ.* C'est pourquoi, dans le cours de notre pontificat, comme c'était notre devoir, nous avons revendiqué pour le Pontife suprême une souveraineté effective, non, certes, par un motif d'ambition et de grandeur terrestre, mais comme véritable et efficace moyen de protéger son indépendance.

Les paroles que rappelle Léon XIII et par lesquelles, entre autres, il avait déclaré *intolérable* la condition faite à la Papauté étaient celles-ci :

Il n'adviendra jamais, disait-il à l'occasion du quatrième anniversaire de son couronnement (1882), que le Pape accepte la situation abaissée qui, en dépit de protestations contraires, le met à la merci du pouvoir d'autrui... On ne réussira pas à assoupir un conflit que tant de causes concourent à réveiller, à chaque instant. On n'arrivera qu'à prolonger un état de choses violent, plein de difficultés et de périls, et que des hommes

--

1. *Lettere,* publiées par Carraresi; t. III, p. 375.

doués d'un véritable sens politique auraient tout intérêt à faire cesser au plus tôt. Car si cet état de choses est pénible et préjudiciable à l'Eglise, il ne sera certainement pas profitable au peuple italien.

Or, il est d'autres paroles qu'il convient de rapprocher de la protestation de Léon XIII. Ce sont celles non pas d'un défenseur attitré de l'Église, mais du fondateur de l'unité italienne :

Qu'on ne se fasse pas illusion, s'écriait le comte de Cavour, du haut de la tribune, bien des personnes de bonne foi, sans être animées de préjugés hostiles à l'Italie ni aux idées libérales, craignent que, le siège du gouvernement une fois établi à Rome, le roi une fois au Quirinal, le Souverain-Pontife ne perde beaucoup en dignité et en indépendance. Elles craignent que le Pape, au lieu d'être le chef du catholicisme universel, ne soit réduit à la situation d'un patriarche de Constantinople, ou même en quelque sorte aux fonctions de grand aumônier et de premier chapelain. Si ces craintes étaient fondées, si réellement la chute du pouvoir temporel devait entraîner une telle conséquence, je n'hésiterais pas à dire que la réunion de Rome au royaume serait fatale non seulement au catholicisme, MAIS A L'ITALIE [1].

Cavour avait compris que toute solution, en dehors d'un pacte avec le chef de l'Église, pacte non pas forgé sans lui ou contre lui, mais préparé avec lui et agréé par lui, — par lui personnifiant une puissance souveraine ; — que toute solution rêvée en dehors de cette garantie était une conception chimérique ; il savait qu'une telle solution était contraire aux nécessités

---

[1]. Discours du 25 mars 1861.

morales et politiques ; en désaccord, par conséquent, avec les plus grands intérêts sociaux.

Rossi disait : « La Papauté est la seule grandeur vivante de l'Italie. » Cavour voulait « la Papauté grande au sein d'une grande Italie ».

Or, la Papauté ne peut être grande qu'à la condition d'être libre, et elle ne peut être libre que sous la garantie d'une indépendance territoriale.

Si Léon XIII, dans ses revendications, envisage pour l'Italie, qu'il veut sauver d'elle-même, les éventualités redoutables que signalait le fondateur de l'unité italienne ; s'il s'adresse, lui aussi, à « ceux qui, non imbus de préjugés surannés (*vieti*) et non animés d'un esprit irréligieux, apprécient justement les enseignements de l'histoire et les traditions italiennes, et ne séparent pas l'amour de l'Église de l'amour de la patrie » ; si Léon XIII, disons-nous, prend cette attitude, qui serait en droit de prétendre qu'il ne s'inspire pas tout ensemble et de son devoir de chef de l'Église, et des intérêts les plus essentiels du grand pays où il a son siège ?

V

ROME CAPITALE EST UNE EXPÉRIENCE

Il faut mettre en relief un point de première importance que l'Italie officielle semble avoir oublié ou systématiquement méconnu.

Lorsque, désertant le programme national, violant les engagements réitérés de Cavour[1], se donnant à lui-même, à sa parole encore chaude[2], le plus éclatant

1. Les déclarations de Cavour sont identiques dans les circonstances les plus diverses : « Des raisons suprêmes nous commandent de respecter la ville où siège le Souverain-Pontife. La question de Rome n'est pas de celles qui peuvent être réglées par l'épée. » (*Rapport au parlement* sur l'annexion des provinces de l'Italie centrale et méridionale. — 2 octobre 1860). — « Une vérité a été reconnue par la Chambre, c'est que nous ne devons pas entrer à Rome en *conquérants* » (5 avril 1861). *Voir*, en outre, les discours des 11 octobre 1860, 25 et 27 mars 1861.

Dans la lettre (13 avril 1861) où le prince Napoléon expose au comte de Cavour les bases de l'arrangement aux termes duquel le gouvernement italien se fût engagé à ne pas attaquer ni laisser attaquer le territoire pontifical, on lit : « Cet engagement est conforme aux déclarations faites par vous au Parlement, et d'après lesquelles la question de Rome ne saurait être résolue par la force. » Cavour répond qu'il accepte *sans réserve*; il exprime en même temps le désir que le gouvernement français appuie, auprès du Saint-Père, la conclusion d'un accord « fondé sur les principes que le cardinal Santucci a soumis à l'examen du Saint-Siège ». (Louis Chiala, t. IV, p. 211 et suiv.)

2. *Séance de la Chambre* du 20 août 1870. Répondant à M. Mancini, alors un des chefs de l'extrême gauche, le ministre des affaires étrangères rappela qu'aux termes de la convention de Septembre, le gouvernement avait contracté *l'impegno di non invadere violentemente la frontiera dello Stato Pontificio.* Et comme la gauche accueillait ces mots par de furieuses clameurs ; « respecter les frontières voisines, répliqua M. Visconti-Venosta, c'est un devoir dont ne sont affranchis *neppure i sultani degli stati barbareschi....* » « .... nous

de tous les démentis, le ministère Lanza, « devenu le
pouvoir exécutif du radicalisme et des loges[1] » contre
la majorité des Chambres[2], fit violence à la Ville éternelle, et dissimula naïvement la conquête sous le men-
songe d'un prétendu plébiscite[3], l'installation du gouvernement italien à Rome et la juxtaposition du palais
législatif au palais des Papes furent considérées par
l'Europe, non pas, tant s'en faut ! comme un fait défi-

n'avons pas dénoncé la Convention, parce que le gouvernement français et
l'Europe *auraient pu croire* que nous profitions des difficultés où se trouve
la France, et du premier moment où nous ne nous sentions pas contenus par
une force matérielle, pour abandonner, comme on jette un masque, le programme que l'ITALIE AVAIT SOUSCRIT, pour nous *préparer la voie aux actes de
violence et aux coups de main,* » prepararci la via ai mezzi della violenza
e dei colpi di mano. »

Séance du Sénat, du 24 août : « Que veut le sénateur Siotto-Pintor ? dit le
ministre. Envahir Rome par la force, et trancher la question par un fait matériel, par un acte de conquête violente et sanglante ? Une telle politique
aurait deux grands inconvénients : celui de nous *mettre en contradiction
avec notre programme* dans la question Romaine, et celui de *soulever contre
nous l'opinion de toute l'Europe, di porre contro di noi l'opinione di tutta
l'Europa.* »

Un mois après ces déclarations, le ministère entrait à Rome par la brèche,
avec les docteurs en droit canon de la porta Pia.

1. M. le député Toscanelli.

2. Le Président du Conseil avait lui-même constaté cette situation parlementaire : « Il y a eu un parti à la Chambre qui professait que la question
Romaine pouvait et devait être tranchée par les armes. Mais il y a eu, par
contre, une majorité, et une majorité très grande, qui, dès le principe, a reconnu que cette question, à raison de son caractère spécial et de ses rapports
nécessaires avec les intérêts universels, ne relevait que de la discussion. »
(Séance du 20 août 1870.)

Et l'extrême gauche sommant le ministre d'accepter un ordre du jour
qui concluait à l'invasion de Rome : « Croyez-vous donc, s'écria le Président
du Conseil, qu'il y a au gouvernement des hommes se respectant assez peu
pour se déclarer fonctionnaires de la Chambre, et pour oublier qu'ils sont
une partie du pouvoir exécutif ? »

3. Voy. la brochure *Rome capitale et les Romains.*

nitif, mais comme une *expérience* qu'à ses risques et périls l'Italie allait accomplir.

Ainsi le comprirent les hommes qui avaient été le plus intimement initiés et associés à la pensée du comte de Cavour. Ceux-là furent frappés de stupeur, par le coup de main du 20 septembre. Ils ne cachèrent pas l'espèce d'effroi dont ils furent saisis, en présence du fait violent qui les mettait face à face avec une situation que le comte de Cavour, dans une sorte d'intuition prophétique, avait condamnée par avance[1].

Ils s'empressèrent de déclarer qu'il serait puéril[2] de supposer que la question romaine fût tranchée par l'invasion de Rome. Le problème « extérieur » pouvait paraître résolu, disaient-ils ; mais le problème « pontifical » se dressait « comme un spectre[3] » ; et, rappelant que la Papauté, « indépendante de tous, devait l'être du gouvernement italien plus que de tout autre[4] » ; se reportant aux constantes déclarations des hommes illus-

---

1. Le sénateur Pantaleoni : l'*Italia e il papato spirituale* (novembre 1870). M. Pantaleoni avait été l'un des instruments les plus actifs du comte de Cavour dans les négociations secrètes poursuivies, aux derniers mois de l'année 1860 et au commencement de 1861, avec des membres éminents du Sacré-Collège.

Il est juste de rappeler que Pantaleoni, questeur de la Chambre de Rome, sous le ministère du comte Rossi, s'était honoré par son courage, lors de l'assassinat du ministre de Pie IX. C'est lui, qui après avoir recueilli le dernier soupir de l'illustre victime, avait, devant l'assemblée terrorisée et sous la menace des sicaires, demandé justice du crime qui venait d'ensanglanter le palais législatif.

2. « Sarebbe una troppo grande ingenuità... » (*Ibid.*)

3. « Ci sta inanzi quasi uno spettro. » (*Ibid.*)

4. « Indipendente da tutti, e, più che da tutti, da noi stessi. »

tres qui avaient été les véritables chefs de la révolution nationale, « pas un seul de nos hommes d'État, s'écriaient-ils, pas un de nos publicistes autorisés, aux yeux de qui le véritable problème n'ait été de concilier les nécessités impérieuses du souverain Pontificat avec les conditions politiques que suppose la monarchie italienne[1] ». On allait donc tenter l'EXPÉRIENCE, le mot était prononcé sans détours, sous les yeux attentifs et inquiets de la diplomatie européenne[2].

« Les puissances étrangères nous laissent toute la responsabilité, disait le rapporteur de la loi des Garanties ; elles nous regardent faire, en témoins et en juges. » (... *Guardare e giudicare il successo*). M. Coppino, plusieurs fois, et aujourd'hui même, ministre, résumait la pensée de la diplomatie en ces mots : « Faites ; nous attendons ! (*fate, noi aspettiamo*) ; nous verrons ce dont vous êtes capables ». Et, avec plus d'autorité que tout autre, Marco Minghetti, qui revenait de sa mission à Vienne, avertissait ainsi son pays :

1. L'ancien et éminent collègue de Cavour, M. Ubaldino Peruzzi avait, dans un discours qui lui valut les félicitations du Pape Pie IX, adjuré la Chambre de répondre aux justes inquiétudes du monde catholique en consacrant un système complet de liberté : ...intiero, assoluto, con fiducia, non dimezzato, non grettamente, ma largamente, intieramente, come noi velo proponiamo. » (16 mars 1871.) — Le comte Cambray-Digny, exposant les craintes « qui assaillaient son esprit », au sujet de l'installation à Rome, constatait le caractère périlleux de la « *grande expérience* (il grande sperimento) que le gouvernement va entreprendre dans la Ville éternelle ».

2. La nostra occupazione di Roma, lo dicó francamente, è una specie di SPERIMENTO al quale essi (les diplomates et les hommes d'État) assistono peritosi e attenti. » (Pantaleoni, *l'Italia e il Papato spirituale*.)

L'Europe fait ses réserves pour l'avenir. En ce moment, la guerre terrible qui la désole interdit toute autre préoccupation ; mais, une fois la paix rétablie, la question romaine reprendra son rang (*ripiglierà il suo posto*). — Le temps et l'*expérience* prononceront sur les possibilités pratiques. Je prévois des difficultés et des conflits. Faisons en sorte que l'EXPÉRIENCE soit fructueuse. (... *perchè l'esperienza possa riuscire fruttuosa.*)

Que dire de plus ?

A cette attitude correspondait la déclaration des chefs des gouvernements étrangers, et spécialement du chef du pouvoir exécutif en France. « L'*expérience*, disait M. Thiers, peut seule décider si l'indépendance du Pape est réelle, et si elle deviendra un fait auquel l'Europe puisse avoir confiance[1]. »

De son côté, quelques années plus tard, le prince de Bismarck lui-même croyait opportun de définir en ces termes la situation où se réduisait l'Italie :

La question romaine est plus que jamais ouverte. L'Italie se place sur le chemin du suicide. Elle oublie sous quelles conditions elle a réalisé son existence nationale. Elle oublie ce qu'elle doit à la tolérance de l'Europe, laquelle, en souffrant l'unification de Rome, n'a voulu que faire *une expérience qui menace d'être désavouée*[2].

Eh bien ! cette expérience a été faite. Quels en ont été les résultats, au regard de l'Église ?

Pendant que Gino Capponi déclarait que l'Italie n'avait « qu'un moyen de conquérir le pardon de son

---

1. Discours du 22 juillet 1871.
onversation publiée par le *Grenzboten*. (1882.)

entrée *barbare* dans Rome », c'était de « placer l'Église
en des conditions telles que jamais, dans le système
des concordats, elle n'ait pu obtenir une situation aussi
avantageuse à la libre expansion de sa vertu sociale[1] » ;
pendant que Ruggero Bonghi adjurait le gouvernement
de « tenir compte de tous les éléments historiques de la
vie nationale », et au lieu de suivre « une politique
inspirée par une hostilité ardente contre le sentiment
chrétien », de prendre « une attitude qui permette aux
gouvernements étrangers de rassurer les populations
catholiques[2] » ; pendant que de tels avertissements
étaient donnés au parti maître de Rome, que faisait ce
parti ? Il se constituait l'organe et l'instrument des
sectes.

L'attitude agressive de ses membres au sein des
pouvoirs publics ; les provocations de la politique
ministérielle ; l'organisation d'une propagande athée
exercée officiellement dans les Universités et dans
les écoles primaires, tout spécialement à Rome ; les
attentats de la nuit du 15 juillet, attentats aggravés
encore par cette circulaire de M. Mancini qui était
elle-même un défi au bon sens et un scandale ; la violation quotidienne et jamais réprimée de la loi des
Garanties par les insulteurs de la Papauté[3] ; l'affaire

---

1. *Rome capitale et les Romains*, p. 38.

2. *Leone XIII e il governo italiano.*

3. M. le comte Cadorna n'a pas hésité à faire peser sur le gouvernement
la responsabilité de ces insultes, contre lesquelles n'ont jamais été invoqués
ni le Code pénal, ni la loi du 13 mai 1871. Il faut lire l'énergique et ho-

Martinucci ; la dépossession des maisons généralices ;
la spoliation de la *Propagande;* en un mot, l'ensemble
de cette politique qu'un grand patriote, écrivain illustre,
N. Tommaseo, définissait ainsi à l'avance : « Les
Garanties offertes à l'Église vont être sous la garde de
ceux qui affirment qu'ils sont entrés à Rome pour y
abolir l'Église et le christianisme ; qui, tout au moins, le
laissent dire, et qui se servent de ceux qui le disent[1] ; »
tout l'ensemble de cette politique, répétons-nous,
ruina l'espoir de ceux des Italiens, et ils étaient nombreux, qui avaient cru, un moment, entrevoir la réalisation de ce rêve : Rome abritant dans son enceinte
les deux grandes majestés, le Pape et le Roi, et réalisant, à la face du monde, l'idéal entrevu, en d'autres
conditions, par l'ancienne Italie :

> *Due soli che l'una e l'altra strada,*
> *Facean vedere e del mondo e di Deo.*

Rome attirant aux pieds du Vatican et du Quirinal réconciliés les peuples éblouis par ce suprême accord.

Cet idéal, poursuivi comme un mirage, s'évanouit
pour ne plus reparaître, et, à sa place, s'accusa peu à
peu aux regards dessillés des Romains — les vrais, *Ro-*
mani veri, et non les 90,000 Romains d'alluvion, — la
perspective esquissée dans cette formule :

norable protestation du président du Conseil d'État, dans sa brochure : *Il*
potere temporale dei Papi e la legge delle garanzie, p. 22 (1884).

1. *Le guarantigie papali,* mai 1871.

La Papauté romaine doit capituler à genoux, capituler sans condition et à merci [1].

Le publiciste qui trouve d'ordinaire dans un sens critique très fin la salutaire audace de la vérité, écrivait alors, en stigmatisant la politique de l'Italie officielle :

La vie publique italienne se trouve aujourd'hui dépouillée de tout cet ensemble de sentiments, d'idées, d'intérêts qui sont représentés par le Pape, la Curie romaine, le catholicisme. Elle est, on peut le dire, déséquilibrée; et la direction n'en est plus conforme à la conscience nationale. La législation se pénètre de principes que celle-ci rejette; toute une face de notre passé est oubliée, ou obscurcie et défigurée.... Si bien, continuait R. Bonghi, que les États étrangers ont senti naturellement s'affaiblir la confiance qu'ils pouvaient avoir dans l'aptitude du gouvernement italien à entretenir avec l'Église des relations, sinon amicales, du moins qui permettent le maintien des garanties promises [2].

Tel est, en dépit de la loi des Garanties, loi impuissante à régler un conflit, puisqu'elle a été imposée; nulle et non avenue pour l'une des parties, puisqu'elle n'est qu'un acte unilatéral [3]; loi révocable au gré des

1. Cette formule donnée par le journal *la Capitale* résume, dans sa concision, toute la polémique des feuilles radicales et maçonniques italiennes, depuis dix années; et la doctrine dont cette polémique est l'exposé ne se distingue, trop souvent, que par la violence et l'âpreté des termes, de la *doctrine* de plus d'un journal trop officieux pour ne pas se dire « modéré ».

2. *Rassegna nazionale*, article de R. Bonghi (juillet 1883).

3. Cette affirmation, ce n'est ni le parti pris ni la passion qui la posent, c'est une autorité dont il est difficile, au delà des Alpes, de méconnaître le caractère, c'est la Cour d'appel de Rome, dans son arrêt du 13 juin 1883, arrêt confirmant la déclaration d'incompétence des tribunaux italiens dans les questions administratives et contentieuses qui concernent le Saint-Siège.

« ... Etant incontestable, dit la Cour d'appel, que le Saint-Siège, institution *sui ge-*

passions politiques et selon le hasard des événements[1] ;
loi sans cesse attaquée, d'ailleurs, et répudiée par le
parti dont le chef tient aujourd'hui le gouvernail ; tel
est le terme auquel l'*expérience,* dont l'Europe a
été l'impartial témoin, semble avoir définitivement
abouti.

« Mais, objectent les défenseurs attitrés de Rome-
Capitale[2], ne faut-il pas rendre justice à un gouvernement qui, après avoir été *contraint (sic)* de mettre la

neris, à laquelle nulle autre ne peut être assimilée. ne tient pas de l'État, quel qu'il soit,
où il réside, son origine et ses pouvoirs, et que, comme tel, il *ne peut dépendre de la
volonté de l'État;* qu'il *est juge unique et sans contrôle* de ce qui peut convenir le
mieux à sa vie intérieure et extérieure... c'est ce qui a induit les États, catholiques ou
non catholiques, à le reconnaître comme une personnalité juridique, apte à traiter avec
eux sur le pied d'égalité.

« L'État ne peut lui imposer l'acceptation d'un apanage, et il ne peut présumer davan-
tage que *cette acceptation s'est accomplie par fiction légale,* à moins *de méconnaître
l'essentielle liberté* et l'indépendance du Saint-Siège, en ce qui concerne sa manière propre de se régir.

« Or, il résulte évidemment des principes les plus sûrs de la science qu'on ne peut
concevoir l'origine d'un droit ou d'une obligation correspondante entre deux personnes
libres, *indépendantes et essentiellement distinctes,* par le *fait d'une d'entre elles,* c'est-
à-dire sans le concours de deux consentements, sans la réalisation de la formule *in idem
placitum.* »

Ainsi, et d'après les principes posés par l'une des plus hautes autorités
judiciaires du royaume, le gouvernement italien n'avait pu prétendre régler
à lui seul la situation nouvelle du Saint-Siège. Il eût fallu de toute nécessité
que la loi déterminant les *garanties* de la liberté du Pape eût été bilatérale ;
faute de quoi il était porté une profonde et essentielle atteinte à la souveraineté que l'on méconnaissait au moment même où l'on semblait lui rendre
hommage, et dont on ruinait les bases par l'acte même qui avait pour but,
disait-on, de la protéger.

1. Ces causes de caducité ou de nullité de la loi des Garanties, au regard
du Saint-Siège, sont comprises par quelques-uns des publicistes appartenant
au parti libéral. La *Rassegna nazionale* dit très bien : « La legge delle guarantigie emanata senza neanco sentire il parere del Pontifice, avendo il carattere di legge imposta, non può da questi essere accettata, senza che si sotto-
metta a quel potere che l'ha decretata » (16 juin 1887. Article de M. R. Mazzei).

2. *Cavour e il Papato;* étude de Celestino Bianchi dans la *Nazione;*
Février 1885). — M. Spaventa, dans le *discours* de Bergame ; et le comte
Cadorna, *passim.*

main à l'épée, conserva assez de modération (*temperanza*) pour distinguer nettement entre le roi de Rome et le chef de la catholicité, et pour remettre au fourreau, devant le second, l'arme levée contre le premier ? »

Comment cette « distinction » a été mise en pratique, on vient de le voir. Mais que le gouvernement l'ait faite en théorie, il n'y a certes pas là, pour lui, de quoi se vanter. Comment ! Le ministère Lanza attaque brutalement le Pape, et enfonce les portes de Rome ; en une telle occurrence, il reçoit de tous les cabinets, sinon des protestations (l'effarement de l'Europe ne comportait rien de semblable), du moins l'aveu des *alarmes universelles*, et l'expression du désir qu'ont les puissances d'obtenir « des assurances tranquillisantes pour ce qui concerne l'inviolabilité du Saint-Père et le libre exercice de ses prérogatives spirituelles » ; l'ambassadeur d'Italie à Vienne, M. Minghetti, écrit au ministre des affaires étrangères à Rome que « tous, catholiques et non catholiques, se préoccupent de la liberté et de l'indépendance du Saint-Siège[1] ; c'est pourquoi le projet annoncé par le gouvernement italien de *s'entendre sur ce point avec les autres puissances, en vue de prévenir de futures complications*, est jugé sage et opportun » ; M. Melegari, ministre d'Italie à Berne, fait savoir « que le pouvoir exécutif fédéral a pris

----

1. « Tutti, e cattolici e non cattolici si preoccupano... »

acte de la *promesse faite par le gouvernement* du roi
de se concerter avec la diplomatie européenne pour
assurer les conditions essentielles de la liberté du
Saint-Père[1] ». Bien plus, le prince de Bismarck écrit,
le 8 octobre (de Versailles !) au comte Brassier de
Saint-Simon, à Florence : « Sa Majesté se croit obligée,
vis-à-vis de ses sujets catholiques, d'aider à sauvegarder la dignité et l'indépendance du chef de l'Église
catholique ; » bien plus encore, le chancelier d'Autriche, comte de Beust, en dépit d'une action personnelle
si prononcée dans le sens de l'invasion, ne peut s'empêcher d'écrire à l'ambassadeur impérial, à Florence,
qu'il « laisse le Cabinet italien *prendre sur lui la responsabilité* de faire entrer ses troupes sur le territoire
pontifical » ; — enfin, et pour tout dire, sous le coup
même d'horribles désastres, le ministre de la révolution républicaine à Paris, l'ancien adversaire de la
Convention de septembre au Corps législatif, Jules
Favre, se refuse à un désaveu diplomatique qui serait
une complicité : « Il est bien entendu, répond-il à
M. Nigra, ambassadeur d'Italie, qui l'accable de ses
obsessions, pour lui arracher le retrait de la Convention, il est bien entendu, que la France ne vous donne
aucun consentement, et que vous accomplissez cet
acte sous *votre propre et unique responsabilité*[2]. »

1. Dépêche reproduite, comme celle de M. Minghetti, par Jules Favre,
Rome et la République française, 1871.
2. *Rome et la République française,* p. 6 et 8.

Tout cela étant, les héros du 20 septembre se hâtent, pour répondre aux inquiétudes de la diplomatie européenne, de s'abriter sous une loi dite des *Garanties ;* et de cette attitude l'on voudrait faire un mérite au gouvernement italien de 1870!

Non ; la loi des Garanties n'était qu'un expédient, que le *minimum* de ce à quoi le cabinet du 20 septembre se sentait rigoureusement obligé ; c'était le seul moyen, pour lui, de faire contenance vis-à-vis de l'Europe.

Qui fait cette réponse? Un des politiques italiens de plus d'autorité, M. le général Menabrea, aujourd'hui ambassadeur à Paris :

Quand la loi, disait l'éminent sénateur, assure au chef de l'Église les immunités et les garanties qui lui sont dues, il n'en faut point parler comme d'un don gracieux. Ce n'est pas un acte de générosité de la part du gouvernement italien, c'est l'acquit d'une simple dette[1].

Si l'on cherche aujourd'hui la vérité, la voilà!

Reprenons le mot : le gouvernement italien a été « contraint », en septembre 1870, de « mettre l'épée à la main ». Il a été contraint, comme l'est un spoliateur qui, rencontrant une résistance sur laquelle il ne comptait pas, se voit « contraint » de recourir au poignard.

---

1. « Non è un atto di generosità da parte nostra, mà un semplice debito che noi compiamo. » Il faut relire ce discours où le comte Menabrea protestait contre la propagande de l'athéisme dans les écoles populaires.

Et d'ailleurs, — que le ministère de 1870 sache, du moins, porter le poids des responsabilités dont parlaient et R. Bonghi, et M. Minghetti, et Jules Favre, et le chancelier d'Autriche ! — « Contraint » par qui ? Par l'Italie ? Non ! — Par la majorité du Parlement ? Non ! — Par les sectes et par une minorité violente ? — Oui !

Qu'on relise la séance du 20 août 1870[1] ; qu'on se rappelle les engagements secrets contractés à la suite de cette séance, entre les mains d'un groupe d'extrême gauche, par le plus influent des ministres d'alors, dignitaire de la franc-maçonnerie ; qu'on reprenne la discussion sur l'acceptation du plébiscite romain, notamment la critique si contenue, mais si forte, de Gino Capponi[2], l'argumentation non réfutée et non réfutable de M. le sénateur Jacini, et cette dissection, faite d'une main si sûre, des motifs qui poussèrent contre Rome le ministère Lanza[3] ; qu'on se reporte enfin aux sarcasmes dont Massimo d'Azeglio criblait la « Romomanie », et aux protestations anticipées, mais encore aujourd'hui

1. V. plus haut, p. 34.

2. Gino Capponi ne varia jamais sur ce point : « J'ai crié sur les toits, ces deux années, avait-il écrit en 1863, que tout cela n'*était que factice*, et que le ministère qui oserait dire : Ne parlons pas de Rome ! serait le seul fort, parce qu'il serait le seul dans le vrai ! » (*Lettre* du 27 janvier 1863, Carraresi.)

3. « ... L'idée originelle de Rome capitale est donc un produit de l'archéologie et de la rhétorique, de cette rhétorique dont l'influence, dans l'Italie reconstituée, serait la première chose à abolir (dovrebbe essere la prima cosa dà abolire) si vous voulez sérieusement prendre place parmi les nations modernes. » (Séance du 23 janvier 1871.) D'Azeglio avait écrit, dès 1861 « ... Les voilà qui veulent monter au Capitole ! J'avais cru, dans ma simplicité, être *délivré des Grecs et des Romains.* »

si actuelles du prédécesseur de Cavour[1] ; et qu'on juge, de par la raison et l'histoire, si l'Italie « a été *contrainte* de mettre l'épée à la main », contre Rome !

Le Pape, a-t-on écrit encore, « ne souffre aucune violence de la part du gouvernement italien. Pour sortir d'embarras, qu'a-t-il à faire ? Donner, quand il lui plaira *(quando gli piaccia)* son adhésion aux faits accomplis. » N'a-t-on pas vu quelque chose de tel dans la comédie : « L'affaire est arrangée ; je prends tout ; gardez le reste ; et remerciez si bon vous semble. »

Telle est, pour l'Italie officielle, la formule de la conciliation.

En résumé, — s'engager à ne pas attaquer et à ne pas laisser attaquer le territoire pontifical (tel qu'il existait encore), bien plus, à empêcher, par la force, toute attaque du dehors, par terre et par mer ; — en même temps, négocier avec le Saint-Siège, considéré comme puissance souveraine, pour arriver à une paix[2].

---

1. Les témoignages abondent sur le rôle des sectes, à l'appui des affirmations de Massimo d'Azeglio et du sénateur Jacini. V. la *Rivista universale*, de 1867 à 1870. — On lit dans la brochure *Roma non può ne deve essere capitale del regno d'Italia*, écrite en 1868 : « pour les sectes et les partis maçonniques, la cause nationale n'est qu'un prétexte ou un intérêt tout à fait secondaire... La question est de faire échec à la Papauté, en qui ils poursuivent le pouvoir spirituel beaucoup plus que le temporel. »

2. « Une paix de religion, disait Cavour, un traité qui aura, pour l'avenir des sociétés humaines, des conséquences plus importantes que celles du traité de Westphalie. »

Telle était la haute signification du résultat ambitionné par l'homme d'État, qu'il écrivait au moment où les négociations secrètes s'engageaient, à un confident qui résidait à Rome :

fondée sur une loi bilatérale, un traité, un concordat, tel a été, dans la question romaine, le dernier mot du créateur de l'unité italienne.

Par contre, et dans une saisissante antithèse, invasion de Rome à coups de canons, et ce en dehors de l'Italie ni consultée ni consentante, en dehors même du Parlement trompé[1] ; — en même temps, loi (des Garanties) élaborée en dehors du chef de l'Église, sans lui, par conséquent contre lui : voilà l'œuvre des prétendus successeurs du comte de Cavour !

Comme Lycurgue avait fait jurer aux Spartiates d'observer ses lois jusqu'à son retour, et s'était éloigné pour ne jamais revenir, ainsi Cavour avait fait consacrer son programme par les acclamations de l'Italie, puis, il avait disparu. S'il sortait aujourd'hui de sa tombe, — à la vue de son pays divisé, coupé en deux; en présence de cette guerre des esprits et des consciences qui s'aggrave en se perpétuant, « guerre funeste à l'un et à l'autre des belligérants, à l'Italie qui souffre à la fois dans sa liberté d'action internationale et dans sa vie morale intérieure, à la Papauté qui voit

« Dieu veuille que vos efforts soient couronnés de succès ! Vous aurez associé votre nom au plus grand fait des temps modernes. »

Et que, dans l'ardeur de ses espérances, lui, Cavour, le politique réaliste, s'adressait au théologien qui était son auxiliaire, dans les termes qui suivent :

« J'ai confiance qu'à la Pâques prochaine, vous m'enverrez un rameau d'olivier, symbole de paix éternelle entre l'Église et l'État, entre la Papauté et l'Italie. Si cela arrive, la joie du monde catholique sera plus grande que celle qui éclata, il y a bientôt dix-neuf siècles, à l'entrée du Seigneur dans Jérusalem ! »

1. V. la protestation de Gino Capponi (29 décembre 1870).

se prolonger des haines portant atteinte à la vie chrétienne[1] »; sous les plaintes des chefs parlementaires
au sujet de l'absence d'un parti conservateur[2]; devant cette impuissance des hommes politiques les
plus considérables à constituer, dans les chambres,
une représentation des intérêts d'ordre moral et tra-
ditionnel; en face de cette annulation des forces sociales qui devaient être personnifiées dans une droite
législative, — Cavour qui annonçait déjà le jour où,
après l'accord conclu avec le Saint-Siège, il se verrait
amené à terminer sa vie politique, à la tête de l'opposition, sur les bancs de la gauche, Cavour dirait, dans
sa dédaigneuse colère, aux politiciens de l'Italie actuelle : Je ne vous connais pas; quittez la scène; vous
êtes jugés !

Et qui donc, s'il en est ainsi, reprocherait à
Léon XIII de renouer la véritable tradition de la
politique italienne, quand cette tradition, — une cruelle
EXPÉRIENCE le démontre, — s'accorde seule avec les
droits du Saint-Siège, et les nécessités supérieures
de la civilisation chrétienne ?

1. Lettre à R. Bonghi, *Rassegna nazionale*, juin 1883.
2. V. entre autres le discours de Minghetti, à la Chambre, le 12 mai 1883.

VI

L'ÉCOLE DOCTRINAIRE

ET LA PAPAUTÉ

M. Crispi dit brutalement : « Nous ne voulons rien savoir de ce qui se pense et se dit au Vatican. »

M. Cadorna, dans une pensée et avec un but très différents, —il faut se hâter de le dire — M. Cadorna, qui s'affirme catholique et qui l'est, soutient pourtant la politique formulée par M. Crispi ; et il l'appuie sur une doctrine.

Sans doute M. le Président du conseil d'État reconnaît en termes très nets « la nécessité absolue de la liberté effective du Pape dans le pays où il a son siège », et il admet, on l'a vu, que cette nécessité supérieure « crée un droit pour les peuples catholiques et leurs gouvernements [1] » (il pourrait dire pour tous les états, quels qu'ils soient ; voyez l'Allemagne !) ; mais, avec la déférence dont il ne se départit jamais, et la modération de langage que donnent une haute culture et les habitudes scientifiques, il dénie au représentant le plus élevé du pouvoir spirituel le droit même d'appuyer sa liberté sur une garantie matérielle, et lui re-

1. V. plus haut, p. 23.

fuse toute espèce de titre à la revendication d'une indépendance *territoriale*, quelle qu'elle soit.

Admettre cette sorte d'indépendance, ce serait, selon l'austère jurisconsulte, faire sortir un effet civil à un principe purement spirituel, tirer des conséquences juridiques d'un titre exclusivement religieux, ressusciter en conséquence l'idée sur laquelle, d'après le droit théocratique, reposait l'Europe au moyen âge, heurter de front les prérogatives de la société issue du droit moderne, et rompre en visière au principe fondamental de la séparation des deux pouvoirs [1].

Il est facile de répondre que la revendication d'une souveraineté *territoriale* pour la papauté se résout, non pas à conférer à l'autorité spirituelle des attributions juridiques qu'elle ne renferme pas « en puissance », comme parle l'École; non pas à donner à la garantie matérielle un caractère de nécessité absolue ; non pas à faire découler un pouvoir temporel quelconque de l'essence même de l'autorité spirituelle, en associant le premier à la nature et à l'immutabilité de la seconde; non pas, en un mot, et pour parler net, à faire du pouvoir temporel un dogme ; mais simplement à déterminer les conditions dans lesquelles l'autorité spirituelle, — étant donnés les multiples et mobiles incidents de l'état politique et social actuel, — doit et

---

1. En cette théorie se résument les deux brochures où brillent la science et le talent de l'auteur, l'une : *Il potere temporale dei Papi, la legge delle garanzie* (1884), l'autre : *Il principio della rinascenza, ossia la conciliazione-transazione* (juin 1887).

peut s'exercer avec une indépendance absolue.

Cette simple observation ruine par la base toute l'argumentation de M. Cadorna. De l'autorité spirituelle, dit-il, vous faites découler l'autorité civile, sous sa forme et dans son expression la plus haute, la royauté. Non, faut-il répondre, ce que nous faisons découler de la notion de l'autorité spirituelle, c'est celle de l'indépendance. Or l'absolue indépendance suppose et entraîne la souveraineté, c'est-à-dire la non-sujétion à un pouvoir étranger, quel qu'il soit.

C'est de ce principe que s'inspirait d'Azeglio, quand il écrivait : « Rien ne sera fait, tant qu'on n'aura pas trouvé moyen de sauvegarder les deux intérêts : d'un côté, la liberté absolue du Pape, garantie par une *souveraineté*, ayant pour but de l'empêcher d'être sujet ; de l'autre, la vie italienne des Romains qu'on ne peut exproprier des conditions normales de l'existence. »

Les politiques de l'Italie actuelle tout en proclamant « la personne du Pape sacrée et inviolable[1] », tout en déclarant, — condescendance méritoire — que le gouvernement « conserve au Pape les préséances d'honneur qui lui sont reconnues par les souverains » ; tout en punissant, — en théorie, — « les offenses et les injures publiques commises contre le Pape des mêmes peines que les offenses dirigées contre le roi », se sont

1. Art. 1er, 2 et 3 de la loi des Garanties (13 mai 1871).

gardés d'inscrire dans la loi, comme attribut de la personne du Pape, la « souveraineté[1] » ; car, du moment que le chef de l'Église eût été par eux, et constitutionnellement, reconnu souverain, il eût fallu, sous peine qu'il cessât de l'être, le placer dans les conditions nécessaires et naturelles de la souveraineté.

Mais cette « souveraineté , » passée sous silence par l'Italie officielle[2], a été proclamée par le monde politique européen : le fait seul que les puissances maintenaient ou rétablissaient leurs représentations respectives au Vatican était et est la plus significative des déclarations ; et l'opinion européenne ne s'est pas méprise sur le sens de l'émotion ressentie par la presse officieuse au delà des Alpes, lorsque le chancelier d'Allemagne, à l'issue de la médiation hispano-allemande, a décerné au chef de l'Église non plus seulement le titre (*très Auguste Pontife*) qu'en 1870 le roi

---

1. M. Bonghi, dans son Rapport sur la loi des Garanties, maintenait explicitement la *souveraineté* du Pape : « Il Pontefice *resta sovrano.....* mantiene il carattere *di sovranità* che ha avuto sinora..... l'esempio d'un Capo di religione *Sovrano,* privo di ogni dominio. » Mais cette souveraineté n'a point passé du Rapport dans la loi.

2. On ne peut, sans sourire, voir le législateur de 1871 enlever au Pape, et, plus exactement, escamoter au monde chrétien la propriété des Palais, Musées, etc., qui ont été construits et remplis par les dons de l'univers. L'art. 5 dit ingénieusement : « Le Pape *continue à jouir* des palais apostoliques du Vatican et du Latran..., les musées, bibliothèques, collections d'art et d'archéologie *sont inaliénables.* » Il faut savoir gré aux auteurs de la loi d'avoir pris cette sage précaution contre les Papes. Massimo d'Azeglio écrivait en 1863 (*Correspondance politique,* 15 avril 1863) : « *Ils* tiennent absolument à ce que nous soyons les seuls et véritables propriétaires de Rome et de tout ce qu'elle renferme ; c'est à désespérer du bon sens ! » L'illustre patriote ne savait pas si bien dire.

de Prusse avait adressé à S. S. Pie IX [1], mais le titre qui, dans les traditions européennes, exprime authentiquement l'idée de la souveraineté complète : « Sire. »

Constituer l'indépendance « souveraine » du chef de l'Église, résidant sur un sol qui ne relève d'aucun pouvoir étranger, telle est la donnée fondamentale du problème.

Du principe essentiel que la notion de l'autorité spirituelle ne contient pas virtuellement le droit de juridiction civile et juridique, M. Cadorna prétend déduire le droit absolu de l'État italien à reprendre — comme ayant constitué un démembrement de lui-même, et comme lui faisant retour *à priori*, — toute portion quelconque du pouvoir civil et des attributions temporelles qui s'étaient, pour ainsi dire, égarées entre les mains du suprême dépositaire de l'autorité spirituelle. Déduction tout à fait arbitraire ! Déduction qui aboutit d'ailleurs à une doctrine qu'on croyait morte depuis longtemps avec l'école qui l'avait créée (car, n'en déplaise à M. Cadorna, c'est bien sa théorie et non pas la nôtre, qui est une théorie du moyen âge), avec les juristes du *Saint Empire Romain ;* on retrouve en effet ici la doctrine des jurisconsultes de Bologne, qui fut celle de Dante dans le *de Monarchiâ*, la fameuse doctrine de la « tunique sans couture », ramenée des hauteurs du droit universel de « l'Em-

----

1. Réponse à la lettre par laquelle Pie IX proposait sa médiation entre la France et la Prusse.

pire » aux proportions restreintes de l'État italien.

Sur quoi, deux observations sont à faire : en premier lieu, « le droit moderne » nie, sans doute, que le pouvoir religieux, en tant que tel, donne à qui en est investi un titre juridique quelconque ; mais il ne s'oppose nullement à ce que les représentants de ce pouvoir soient aptes, en raison de certaines conditions sociales et des vicissitudes politiques, à joindre au caractère religieux un caractère d'une autre nature. Et là, précisément, se trouvent le point de départ et la raison d'être originelle de cet organisme spécial qu'on a appelé le Pouvoir temporel des Papes. Le pouvoir temporel, à l'origine, vint aux Papes qui n'en voulaient pas, et précisément parce qu'ils n'en voulaient pas. Ce fut la volonté persistante et réfléchie des Romains, qui força des pontifes tels que Grégoire le Grand à porter le fardeau des affaires civiles, et à doubler l'autorité spirituelle, en leur personne, — quoi qu'ils en eussent — des attributions du pouvoir politique. Ce sont les Romains, c'est la volonté nationale qui créèrent le droit séculier des Papes ; les Francs, plus tard, ne conférèrent ou plutôt ne restituèrent que le titre.

Eh bien ! quand, après avoir suivi dans ses évolutions multiples, du sixième au quatorzième siècle, les vicissitudes du droit politique, le pouvoir temporel en arrivait, dans les premières années de notre siècle, puis en 1859, puis définitivement en 1870, à devoir subir, sous peine de ruine, on n'hésite pas à le reconnaître, une transformation radicale, il fallait de toute nécessité que des garanties nouvelles — les anciennes conditions sociales étant ou détruites ou profondément altérées, — fussent substituées à des garanties reconnues inapplicables. Comment nier que ces garanties nouvelles ne dussent être, au point de vue de leur nature et de leur essence, concertées avec cette autorité même qu'elles étaient destinées à protéger dans son exercice?

Cet examen contradictoire, aboutissant au concours des deux droits et des deux volontés, était la condition *sine qua non* de l'établissement régulier d'un nouvel et définitif état de choses, de la création d'un nouveau droit public normal en Italie.

En dehors de cette condition qu'imposait l'appréciation clairvoyante des faits, l'Italie se trouvait nécessairement divisée contre elle-même, et livrée, dans son existence intime comme dans sa vie extérieure, aux déchirements de la lutte et aux obscurités de l'avenir.

Telle était la conviction du comte de Cavour. Jamais au plus fort des combats engagés ou soutenus par lui, au nom de l'unité italienne ; jamais, aux moments mêmes où il appelait la révolution à son aide, pour constituer, coûte que coûte, le nouvel organisme national, jamais il ne perdit de vue le but auquel il voulait à tout prix faire aboutir son œuvre, comme à une condition indispensable de durée, à savoir un accord transactionnel avec le chef de l'Église.

Ni concession ni transaction, répondent, en des langages divers mais dans une pensée politique commune, M. Crispi et M. Cadorna.

Au ministre intransigeant comme au théoricien doctrinaire, à ces deux interprètes également absolus d'un *non possumus* laïque, le publiciste qui s'élève à une intelligence plus large des lois de la philosophie politique, M. Ruggero Bonghi, réplique :

Vous affirmez qu'entre « les deux *non possumus* », il n'y a pas lieu de chercher un compromis, et qu'il n'y a point à sortir de cet étau. Ce n'est pas là parler en hommes pratiques (*non e parlare da uomini pratici*). Une ligne inflexible, en deçà comme au delà de laquelle on ne peut s'écarter en aucun cas, une telle ligne n'existe pas dans la politique humaine. Si l'Italie peut attendre, la Papauté elle aussi peut attendre ; et je ne vois pas que le conflit qui dure déjà depuis dix-sept ans ait précisément amoindri l'autorité spirituelle ni même la puissance politique du Saint-Siège.

Prenez garde, poursuit le philosophe, la Papauté est une des plus grandes puissances de ce monde. Rien de ce qui la regarde ne saurait être indifférent à un homme de sens et de cœur, à quiconque est doué d'une vue compréhensive des choses humaines. En parler avec dédain est un des signes les plus certains de petitesse et de légèreté d'esprit[1].

Or, ce n'est pas seulement un publiciste voué aux spéculations scientifiques, ce n'est pas seulement M. Bonghi qui rompt avec le *non possumus* de M. Crispi et de M. Cadorna. Voici qu'en face du ministère incarné dans le premier et de l'école doctrinaire personnifiée par le second, en face même de la Chambre actuelle

1. *La Conciliazione.* Nuova antologia. 1er juin 1887.

des députés, condamnée, dit-il, à raison de son origine, à une impuissance absolue, en ce qui touche la question pontificale, se dresse un esprit d'une portée toute pratique, un personnage dont le nom, depuis tantôt un an, retentit perpétuellement au delà des Alpes, un homme qui, envoyé à Monte-Citorio sur le programme de réconciliation avec l'Église, arboré pour la première fois, déclare, envers et contre tous, qu'il y a un abîme entre l'Italie *officielle* et l'Italie *réelle* ; que la Papauté est le véritable élément de force pour le pays reconstitué ; qui, exalté par les uns, conspué par les autres, convie audacieusement à une politique nouvelle, non seulement les croyants, mais, en dehors même de toute affirmation religieuse, quiconque aspire à fonder sur des bases durables la nationalité et l'unité italiennes : le député démissionnaire de Catanzaro (Calabre), l'agitateur populaire, ancien ami intime de Garibaldi, et son compagnon dans l'odyssée héroïque, Achille Fazzari.

Ruggero Bonghi, — Achille Fazzari : deux hommes qui n'ont certes rien de commun, ni par leurs origines intellectuelles, ni par la nature de leur esprit, ni par l'idéal qu'ils poursuivent, ni par les moyens qu'ils emploient, mais qui, pourtant, l'un et l'autre, jettent au ministère italien le reproche d'inintelligence en face de la situation inattendue créée par le génie de Léon XIII.

« Tout le monde désire la *Conciliation*, écrit Ruggero Bonghi, tous l'attendent. Le Pape a voulu mettre de son côté le monde politique et l'Europe civilisée, en se montrant disposé à la faire. Un gouvernement, s'il était intelligent et sage, ne devrait montrer ni un moindre désir ni un moindre empressement. Et ce n'est pas parce que le Pape a parlé et ouvert la discussion qu'il faudrait affecter de dire que le devoir des hommes politiques est de se taire[1]. »

L'école doctrinaire et le gouvernement italien sont donc également, et au nom de la philosophie politique et au nom des faits, convaincus de préoccupations surannées et d'une vue insuffisante des choses. Ni les théories de la première, ni les affirmations du second, ne répondent à la situation présente. Les doctrines politiques comme les hommes vivent rapidement dans les périodes de transition. Le Temps a fait un pas, et déjà les perspectives ont changé : M. Crispi et M. Cadorna représentent, pour l'Italie, une période vieille de dix ans, — tout un siècle!

Quoique le dernier venu au pouvoir, M. Crispi arrive trop tard. Le président du Conseil d'État, par terreur d'un retour imaginaire vers un âge de l'histoire qui obsède un esprit d'ailleurs si libre, perd de vue les réalités qui l'environnent, et ne s'aperçoit pas qu'autour d'un axe immobile le monde a tourné sous ses pieds. L'un et l'autre sont les prophètes du passé ; à d'autres mains que les leurs appartient la direction de l'avenir.

1. *La Conciliazione.*

VII

ROME INTANGIBLE

Le gouvernement du Quirinal a pris le soin, — très superflu,— de faire savoir *urbi et orbi* que la possession de Rome était un fait de *conquête*, « conquista ». Soin superflu, disons-nous ; et, en effet, le 20 septembre et le lendemain du 20 septembre n'offrent plus aujourd'hui de mystères. La fiction du plébiscite est percée à jour. Nul n'oserait reproduire désormais les chiffres officiels du 2 octobre 1870, des *oui* et des *non*, pour et contre l'annexion de Rome capitale[1]. Ces chiffres ont figuré pour la dernière fois sur l'immense tableau devant lequel s'extasiaient, en 1884, les naïfs visiteurs du *Tempio del Risorgimento*, à l'exposition nationale de Turin. Maintenant hors de service, ils sont relégués, pour n'en plus sortir, dans le Musée des curiosités de la politique et des vieilles armes démodées.

Le gouvernement du Quirinal au mot *conquista* a ajouté *intangibile*. Toutes les conquêtes sont intangibles, jusqu'au moment où on y touche.

---

1. Pour ce qui a trait à la « conquête » de Rome, et au plébiscite fictif du 2 octobre, voir la brochure *Rome capitale et les Romains*.

Conquête sur qui ? — Sur Rome elle-même, la vraie, la Rome des Romains ; — sur l'Italie réelle ; — sur la diplomatie du monde entier.

Ce sont ces trois puissances — les vaincues de 1870, — qui « toucheront » à « l'intangible conquête ». Et cette réparation triomphera non par la guerre, non par la violence effaçant l'œuvre de la violence, mais par la revanche pacifique de la justice outragée à Rome, — des intérêts de l'Italie méconnus, — du droit international violé, à l'encontre de toutes les nations, par le coup d'État européen du 20 septembre.

Déjà, dans Rome, cette revanche est en voie de s'accomplir. Il y a trois ans, au lendemain des élections qui venaient de porter au Capitole les candidats de la revendication papale, Ruggero Bonghi écrivait :

On ne saurait affirmer que, dans Rome, la majorité des habitants soit contraire au Pape. Ce qui vient de se passer paraît même indiquer que cette majorité lui est favorable, à lui et au principe qu'il personnifie. (*Leone XIII*, p. 49.)

Et, en effet, les 46 *non* officiels (quarante-six, vous avez bien lu) de 1870 se trouvaient, en 1884, être devenus 12,000. Etait-ce mystification et escamotage en 1870, ou métamorphose en 1884 ? Dans l'un ou l'autre cas, le coup était rude pour l'Italie officielle ; et l'un des organes de la coalition anti-papale[1] s'écriait, en dénonçant les effets asphyxiants de la « vapeur vatica-

[1] La *Libertà*.

nesque » : « beaucoup de gens se demandent, dans leur stupéfaction, si Léon XIII, en fin de compte, n'aura pas raison, et n'arrivera pas à reconquérir Rome ».

Même phénomène aujourd'hui, et plus éclatant. Au nouveau chef du ministère, à M. Crispi, jetant du haut de la tribune, à Léon XIII, cette phrase magnanime : « nous ne voulons rien savoir de ce qui se pense et se dit au Vatican », la réplique a été immédiatement donnée. C'est le 10 juin dernier que M. Crispi décochait à l'adresse du Pape la flèche qui, visant à être mortelle, ne parvenait qu'à être enfantine ; et c'est le 19 que, votant la liste entière de l'*Unione Romana*, la ville « conquise » répondait au ministre dirigeant par ce soufflet retentissant sur la joue du ministère.

Or que ceux qui s'acharnent à découronner la Ville Éternelle de son titre de « ville métropolitaine du monde » pour la réduire au rôle médiocre de capitale d'un seul peuple, lui accordent du moins le privilège, invoqué par toutes les capitales, de parler, en certaines occasions solennelles, au nom du pays qu'elle représente. Eh bien ! Rome a parlé le 19 juin dernier. En dépit de M. Bovio, en dépit du système doctrinaire et de l'esprit sectaire, Rome a dit : « Je suis autre chose et plus que le siège de ce Parlement où a brillé Sbarbaro, où Coccapieller pontifie, et où règne M. Crispi ; je reste la capitale de l'Univers. »

Voilà le sens du vote émis le 19 juin. Ce vote est d'autant plus décisif et souffre d'autant moins contradiction que le parti au pouvoir avait inscrit en tête de ses bulletins, les deux mots fatidiques, le Mane-Thecel-Pharès de l'Italie officielle : ROMA INTANGIBILE !

Ce parti a voulu que le vote du 19 juin devînt un vote politique : qu'il en soit selon son bon plaisir ! Oui, ce vote, après de téméraires provocations, a été forcément un vote politique. Il convient d'en prendre acte. Une partie de la presse officieuse en a accentué le sens, en déclarant qu'un tel vote ne saurait laisser le ministère indifférent, étant de nature à « provoquer une crise dans l'administration municipale de Rome » ; et M. Fazzari, l'ancien garibaldien, le patriote au sens droit et à l'initiative hardie, faisait preuve d'une confiance que tout annonce devoir être justifiée, quand, dès le 12 du même mois, deux jours après l'incartade de M. Crispi, sept jours avant la réplique de la ville de Rome, il jetait sa démission à la face du ministère et, en appelant aux élections générales, donnait rendez-vous, dans un Parlement renouvelé, aux patriotes qui, en grande majorité, affirme-t-il, « acclameront son programme de réconciliation entre l'Église et l'Italie ».

Mais, ce n'est pas seulement Rome qui a répondu, au nom de l'Italie réelle, à l'interpellation du député Bovio et à l'héroïsme transcendant du ministre Crispi. De grandes cités ont fait entendre leur voix : Naples, Plaisance, Venise, Florence, etc., ont fait écho à la protestation de la Ville Éternelle ; elles ont justifié avec éclat cette remarque faite, il y a quatre ans, dans un esprit de complète et méritoire sincérité :

A Rome, le Pape a plus de partisans dévoués qu'on ne le croirait. Il y a plus de Romains qui se rappellent le gouvernement pontifical et les conditions anciennes de *leur* ville, *qu'il ne devrait* s'en trouver après treize années de gouvernement italien [1].

Le rapporteur de la loi des Garanties, l'ancien ministre, en rééditant cette phrase, n'aurait aujourd'hui qu'à changer *treize* en *dix-sept*.

Ceux-là seulement s'étonneraient du résultat électoral de 1887, qui auraient oublié que, lors de l'effondrement de la porta Pia, « la partie la plus nombreuse et la meilleure de la population romaine [2] » avait maudit les envahisseurs ; qu'un pétitionnement méthodique, contre-épreuve sans réplique de la mystification officielle, avait révélé, quatre mois après l'invasion, 27,161 Romains (lisez : vingt-sept mille cent soixante et un), « nés à Rome ou légalement domiciliés, mâles et majeurs jouissant de leurs droits civils [3] », affirmant, non par des votes fictifs, mais par leurs signatures légalisées, un fidèle attachement au gouvernement renversé ; ceux-là surtout qui ne se seraient pas rendu compte des conditions morales dans lesquelles a été effectué le coup de main du 20 septembre.

1. R. Bonghi. *Rassegna nazionale* ; juillet 1883.
2. Le P. Curci, *Moderno dissidio*, C. III, p. 47 ; même jugement dans le *Vaticano regio*, p. 201. « La perte maggiore e migliore. »
3. *Moderno dissidio*, loc. cit.

Il faut être sincère, sans cesser d'être juste, et analyser scrupuleusement les faits.

Trois éléments se sont unis, en 1870, pour former le courant qui a précipité le ministère italien contre Rome : En premier lieu, les souvenirs fantastiques de l'antiquité, la *folie du Capitole*, disait Massimo d'Azeglio ; la *manie antiquaire*, ajoutait Gino Capponi ; la *superstition rhétorico-classique*, répétait, après ces personnages illustres, le sénateur Jacini dans un discours resté célèbre (23 janvier 1870) ;

Secondement, l'idée patriotique et nationale, il ne faut pas hésiter à le reconnaître, née d'une fausse tradition cavourienne, tradition mal comprise et interprétée à contre-sens, tradition qui, par la main de vulgaires politiciens, réduit la haute pensée de Cavour à une misérable conception de capitaine d'aventure[1] ;

En troisième lieu, enfin, la passion sectaire, doublée de haine maçonnique, laquelle voyait dans la prise de

---

1. La vérité commence à se faire jour, à cet égard, dans la portion de la presse libérale qui ne consent pas à s'incliner devant de tyranniques préjugés et à s'humilier sous le joug des sectes. On lit dans la *Rassegna nazionale* : « Évidemment, la politique religieuse actuelle du gouvernement italien politique sans principes, et dépourvue de sincérité, ne s'intitule *Cavourienne* qu'en vertu d'une équivoque et d'un malentendu. Ce n'est pas Cavour qui considérait l'Église comme une *quantité négligeable ;* et la liberté qu'il reconnaissait avait un tout autre but que d'éliminer peu à peu l'élément chrétien de la vie réelle de la nation. Ce serait profaner cette grande mémoire que de l'associer à de telles visées. » (1er juillet 1887. Article de M. Gabba. Voir aussi, dans les dernières livraisons de la Revue florentine, si autorisée des deux côtés des Alpes, et dont la direction sert, avec tant de persévérante efficacité, la cause de la liberté religieuse, les remarquables travaux de MM. Aug. Conti, Falorsi, Mazzei, etc.)

possession de Rome, non pas la capitale de l'Italie à conquérir, mais la capitale religieuse du monde à renverser.

Ce dernier élément, complice du nihilisme matérialiste, est entré, pour la plus large part, dans le flot qui a fait irruption par la brèche de la *Porta Pia*. Avant l'invasion de Rome, Settembrini avait écrit : « Un prêtre, à mes yeux, est pire que mille étrangers. Si je devais choisir entre le Pape et l'Autriche, je choisirais l'Autriche. » Et Alberto Mario avait dit : « L'Église désarmée, n'est pas encore l'Église morte ; il est nécessaire de la décapiter à Rome. »

Or, de ces trois éléments, qui ont concouru, dans des proportions différentes, à la submersion de Rome, le premier a disparu au contact des réalités, et sous l'impression réfrigérante des faits, *fomenta frigida rerum*.

Le second s'alimente à une trop noble source, il faut le confesser, pour qu'on puisse supposer qu'il ne se prêtera pas à une transformation nécessaire, le jour où il sera démontré que le salut de la patrie italienne est au prix d'un accord trop longtemps repoussé.

Ce n'est pas d'aujourd'hui que les vrais libéraux, les patriotes à l'esprit ouvert, ont envisagé une éventualité dont la réalisation est plus ou moins prochaine, mais sûre ; c'est l'occasion de rappeler la déclaration faite, il y a quatre ans, par l'organe libéral cité plus haut :

L'Italie, disent, dans leur fureur, certains journaux, qui se targuent ensuite de modération, peut renoncer à un rôle dans la

Méditerranée, à une politique étrangère, à tout, mais non pas à Rome. Ce qui revient à dire : l'Italie, qui a bouleversé la moitié de l'Europe pour affirmer son droit, pour devenir une nation, fait litière de tout cela, à l'effet de poursuivre contre le siège pontifical, — seule, mal vue de l'Europe (*invisa all'Europa*), déchirée dans l'intimité des consciences, — une guerre dont on peut voir le commencement mais non la fin. Tout au contraire, selon nous, l'Italie ne peut renoncer au rôle qui lui appartient, mais bien à ces hostilités que les partis, abusant de son nom, et contre ses véritables intérêts, dirigent contre la Papauté, à laquelle, qu'on le veuille ou non, qu'on regarde ce fait comme nécessité tragique ou comme un dessein secret de la Providence, ses destinées sont intimement unies (... *al quale vogliasi o no... le sue sorti vanno congiunte* [1].

Voilà l'intelligente et sincère expression d'un patriotisme avisé ! Ce patriotisme est en harmonie, il importe de le remarquer, avec les inspirations et les enseignements venus de très haut : Léon XIII, comment ne pas mettre ce point en relief ? Léon XIII qui, dans aucune de ses encycliques, n'a fermé la voie à une transaction, a pris soin constamment de ménager l'élément national, en le distinguant avec précision de l'élément sectaire et antichrétien : « Ce n'est pas dans ce dessein (de détruire le catholicisme), écrivait-il en 1883, qu'ont agi ceux des Italiens qui ont cédé au désir passionné de fonder et de développer la grandeur de leur pays [2] » ; et

---

1. *Rassegna nazionale;* article *Cose Romane* (1ᵉʳ décembre 1882).

2. « *Non eodem consilio* plurimi quos nimirum constituendae augendaeque reipublicae studium coepit. » (C'est-à-dire les hommes politiques.) Et quelques lignes plus bas: « *Nec Italiae dignum hominibus* causam suam cum iis communicare qui nihil aliud quam Ecclesiae perniciem meditantur. » (*Lettre sur l'histoire* aux cardinaux de Luca, Hergenroether et Pitra. 18 août 1883.)

dans l'allocution consistoriale du 23 mai dernier, à quoi s'appliquait le Pape? Afin d'aller au devant des suscep-tibilités courantes et d'un amour-propre national mal engagé, il s'étudiait à désintéresser la nation elle-même des fautes et des embarras de son passé, et la séparait, avec une paternelle prudence, des minorités violentes qui lui ont trop souvent imposé leur joug : « Le droit et la dignité du Siège apostolique, disait Léon XIII, n'ont pas été méconnus par la passion populaire, mais par la conjuration des sectes[1]. »

L'élément sectaire, l'élément franc-maçon-matéria-liste, voilà celui qui ne comporte ni transformation ni tempérament. Il est l'immuable dans la critique nihi-liste, l'absolu dans la négation agressive. Retranché au Capitole romain, comme il est casematé à Paris dans l'Hôtel de Ville, il ne dévie pas de son but : l'anéantis-sement des forces spiritualistes et chrétiennes dans le monde, et, avant tout, la ruine de la suprême autorité qui en est l'incarnation et le plus puissant rempart. Cet élément altère toute chose par son contact. Comme la pieuvre enlacée à la proie qu'elle épuise, il ronge les plus nobles parties de l'organisme auquel il s'attaque ; il est véritablement le chancre de la vie nationale, en Italie comme en France. C'est lui qui, inaccessible à la raison, n'obéit, au prix de tous les maux et de toutes les ruines, qu'à un mobile, un seul, la haine féroce et

---

1. « ... Non tam populari injuriâ quam conjuratione præsertim secta-rum. »

niaise de la Papauté. C'est lui qui « adore et applaudit le prince de Bismarck quand il persécute l'Église, mais qui le hait et le siffle, quand il defère au Pape une médiation, et qu'il l'appelle *Sire*[1]; c'est lui qui, chaque fois qu'une puissance étrangère prend quelque initiative déférente à l'égard du Saint-Siège, entre en une rage à peine contenue par la peur de l'allié tudesque, comme si toute manifestation de respect envers le Pape était une offense à l'Italie; c'est lui, en un mot, qui poursuit, sur le sol où naquirent Dante, Michel-Ange, Manzoni, « le développement du drame antichrétien[2] ».

Eh bien ! c'est la secte nihilo-maçonnique qui, dans toutes les phases de la question romaine, a la haute main sur les hommes et sur les choses; c'est elle qui, paralysant toute bonne volonté, fait obstacle à la solution du problème; qui ruine les bases de tout arrangement raisonnable du gouvernement italien, — lequel est son esclave, — avec la Papauté.

Faut-il s'étonner qu'un Pape, penseur profond autant que puissant politique, dénonce la secte qui a aujourd'hui un point d'appui dans chacune des villes d'Italie, qu'il montre aux fils de l'Eglise comme à tout défenseur « de l'ordre, de la paix et de la sécurité nationale[3] », la

---

1. *Lega lombarda.* Voir l'étude de M. Sacchetti sur *Roma capitale e i Romani* (août 1886).

2. *Lega lombarda*, 16 mai 1886. — Voy. sur ce même sujet les articles de M. Bortolucci et du marquis Malvezzi-Campeggi, dans l'*Opinione conservatrice* de Bologne.

3. Lettre du Pape.

cause persistante du mal, et, dans toute la force du
terme « l'ennemi commun ».

Le jour où la raison et la conscience publique auront
triomphé de cet ennemi, le résultat de la victoire se
développera de lui-même : les éléments sains repren-
dront le dessus. Cessant d'être « intangible » à la justice et au droit, redevenue *sui juris*, la ville maîtresse,
la « Mère de l'Empire[1] » échappera au pouvoir qui,
en la *délivrant*, l'a absorbée[2], et écartera la main qui,
sous prétexte d'émancipation, lui a infligé la conquête.

Ce jour-là, restituant au vieux sol romain sa
majesté historique et sa providentielle destination,

> ... Lo loco santo
> u'siede il successor del maggior Piero,

l'Italie retrouvera, avec le respect de sa tradition nationale, la sécurité de son avenir :

> ... Al Papa il suo onor rende[3].

1. *Roma, Mater Imperii;* expression des chroniqueurs du neuvième
siècle.
2. « Siamo stati assorbiti ! » *La verità vera ai Romani veri.* (Rome, 1884).
3. *Orlando furioso,* c. XXXIII, v. 16.

VIII

MISE EN [DEMEURE

Dans l'allocution consistoriale du 23 mai dernier, Léon XIII exprimait le vœu ardent (*vehementer expetimus*) « que les esprits de *tous* les Italiens puissent jouir d'une calme sécurité, et que le funeste conflit avec le Pontificat romain soit enfin supprimé (*tollatur*) ».

Après avoir exposé les phases et le succès de son action pacificatrice en Allemagne, le Pape se tournait vers le pays « que les lois mêmes de la nature lui rendent si cher », et, dans un langage paternellement affectueux, semblait lui dire : et vous, ne ferez vous point la paix avec moi ?

Mais, une fois le désir de la paix si vivement et, il faut presque le dire, si passionnément exprimé, « mettant à la base de la pacification, selon les termes de la Lettre récente, la justice et la dignité du Siège apostolique », le Pape rappelait aussitôt la garantie à laquelle restait soumise la cessation du conflit, c'est-à-dire la constitution d'un état de choses (*rerum conditionem*), — notez le caractère général de ces mots, —

« dans lequel le Pontife romain ne soit soumis au pouvoir de qui que ce soit » (*nullius sit potestati subjectus*),
et « où il jouisse d'une liberté pleine et digne de ce
nom » (*plenâ eâque veri nominis libertate fruatur*).

La lettre au cardinal Rampolla accentue le sens de
l'allocution, sens d'ailleurs, dès le premier jour, lumineux et indiscutable : « Il n'y avait pas lieu, dit le
Pape, de se méprendre sur nos paroles, et de les détourner, en les dénaturant, à une signification absolument contraire à notre pensée. »

Ainsi :

Liberté pleine, échappant au contrôle d'un pouvoir
étranger quelconque ;

Liberté extérieure, visible, tangible, appréciable par
le monde entier ;

Par conséquent, résidence du Pape sur un sol où il
ne soit sujet de personne et qui ne relève d'aucune
autre autorité que la sienne ; par conséquent aussi, souveraineté *territoriale*, laquelle seule est la garantie de
l'absolue indépendance [1].

Puis, par une déduction rationnelle et nécessaire,
— étant donnés le droit primordial, les lois de l'histoire et le consentement séculaire du genre humain,
consensus humani generis ; étant donnés aussi les inté

─────────

1. LéonXIII avait écrit dans l'encyclique *Immortale Dei* : « neque profectô
sine singulari providentis Dei consilio censendum est ut haec ipsa Potestas
principatu civili, *velut optimâ libertatis suae tutelâ*, muniretur. »

rêts mêmes de l'Italie, — exercice de cette souveraineté sur le sol de la ville de Rome, « de Rome siège
naturel des Souverains-Pontifes, centre de la vie de
l'Église, capitale du monde chrétien[1] : » conditions *sine
quâ non* « de tout accord, » et « donnant seules accès[2] »
à une conciliation possible.

La liberté des pontifes, écrit Léon XIII en un langage qu'on
ne peut méconnaître, est, pour eux et pour la catholicité tout
entière l'intérêt primordial et vital. Ils la voudront donc garantie
selon le mode le plus sûr. Ceux qui pensent diversement ne con-
naissent pas ou feignent de ne pas connaître la nature de l'Église,
quelle et combien grande est sa force religieuse morale et sociale,
force que ni les atteintes des siècles ni la prépotence (*prepotenza*)
des hommes ne parviendront à briser. S'ils se rendaient compte
de cela, et s'ils avaient le sens politique (*se avessero senso vera-
mente politico*), continue le penseur auguste qui médite au Vatican sur la marche des sociétés humaines, ils ne songeraient pas
seulement au présent, et ne se fieraient pas aux fallacieuses
espérances de l'avenir. Mais en donnant d'eux-mêmes au Pontife romain ce qu'il réclame à bon droit, ils mettraient fin à une
situation pleine d'incertitudes et de périls, pourvoyant ainsi
aux grands intérêts et aux destinées mêmes de l'Italie.

« Dans ce palais, pourrait ajouter le Pape, — les
marbres et les magnificences des arts importent peu ;
que lui font, à lui, les splendeurs léguées par les siècles ?
— je suis prisonnier ; non pas prisonnier dans le sens
vulgaire, mais prisonnier par devoir et par sentiment
de la dignité du chef de l'Église. Ne m'est-il donc pas

1. Lettre du Pape.
2. *Ibid.*

interdit de sortir dans ma ville épiscopale, sans exposer, en ma personne, la charge suprême à de scandaleux outrages ? Un Pape peut être crucifié la tête en bas ; il ne peut livrer ce qu'il représente à de vulgaires blasphèmes et à de triviales avanies. »

Et si on venait à objecter, que le jour où il plairait au Pape, la tiare en tête et la crosse à la main, de se présenter au peuple de Rome, ce jour-là l'acclamation serait si grande qu'elle irait ébranler les murs mêmes du Quirinal ; — « Oui, répliquerait sans doute le Pontife, mais, dans l'état actuel des choses, l'acclamation provoquerait une tempête contraire ; à l'*Hosanna* répondrait le *Crucifigatur* ; et ce n'est pas au Pape à déchaîner la guerre ! »

L'attitude du Pape est donc et restera passive. A toute instance d'accepter le fait présent, il répondra : *jamais!* A toute demande de réconciliation, en dehors de la restitution de Rome, il opposera la parole de Pie VII à ce général qui, au nom d'un tout-puissant souverain, réclamait une abdication : « Nous ne pouvons pas, nous ne devons pas, nous ne voulons pas. »

Comme le héros à qui « dans les murs d'Utique la mort ne parut pas amère[1] », Léon XIII offre sa vie pour la « liberté sainte ».

Libertà va cercando...

1.　　　... Che non ti fù per lei amara,
　　　In Utica la morte...
(Purgat. c. I, v. 73.)

Et il s'est à lui-même, depuis longues années, tracé
ce programme :

Non flectar [1] *!...*

Or, en face de ce *non possumus* fondé sur des motifs
d'ordre immuable et universel, s'élève le refus de
l'Italie ou, plus exactement, du gouvernement italien,
et se pose un autre droit qui, — de sa nature, variable
et relatif comme tout pouvoir politique, — cherche
pourtant à se rendre participant d'une sorte d'immutabilité doctrinale, et à s'ériger en dogme ; droit qui, par
une prétention singulière, s'abrite, à son tour, sous la
formule de l'absolu.

« Le *non possumus* est maintenant entre vos mains,
Messieurs les ministres, s'écriait, un jour, à la tribune,
M. le député Toscanelli. Vous êtes les plagiaires du
Pape ! »

Qui rapprochera les deux *non possumus* [2] ? Quelle
force assouplira le premier devant l'inflexibilité du
second ?

Les publicistes les plus autorisés ne contestent point
les cruels résultats du conflit.

Nous avions pensé que le séjour du gouvernement à Rome
amènerait un apaisement. En quoi, nous nous sommes trompés.
Et, en effet, dans la bourgeoisie romaine, l'idée libérale n'est
pas prépondérante ; et là où elle l'est, elle va aux extrêmes, à

1. Dystique célèbre de Léon XIII.
2. « Deux non possumus », ou l'Italie et la Papauté.

son insu ; en sorte que la politique italienne n'a trouvé, à Rome, aucun appui pour se tenir en équilibre. Même dans les premières années, ses agissements envers l'Eglise n'ont pas été contenus dans des limites discrètes ; et, depuis, elle n'a cessé d'aller au pire [1].

Qui tient ce langage ? Est-ce Tommaseo, est-ce Gino Capponi, est-ce Massimo d'Azeglio démontrant, par des arguments de toute nature et *avant* les faits, l'inaptitude de la ville des Papes à devenir le foyer d'activité d'un état moderne ? Non ; c'est le rapporteur de la loi des Garanties, témoignant, *après* expérience faite, des inévitables périls que suscite le système de Rome-Capitale.

L'éminent publiciste écrit encore :

De 1870 à ce jour, nous n'avons point fait un pas. La co-existence politique et durable du Pape et du roi à Rome est aujourd'hui moins probable qu'elle ne l'était il y a onze années, d'autant qu'un tel laps de temps écoulé sans résultats met en relief les difficultés intrinsèques d'une solution favorable [2].

R. Bonghi traçait en 1882 ces lignes attristées ; qu'aurait-il à y changer aujourd'hui ?

Or, les voix les plus autorisées s'unissent à celle de l'ancien ministre pour signaler, dans la lutte qui se perpétue, une cause sans cesse renaissante d'inextricables embarras. Partout, on dénonce cette lutte comme une source de désastres pour l'État en même

1. *Leone XIII e il governo italiano.*
2. *Ibid.*

temps que de périls pour l'Église, comme la calamité du présent et la menace de l'avenir.

La question romaine est la cangue qui étreint l'Italie, et l'empêche de tourner la tête du côté de ses véritables et plus pressants intérêts. Quand M. Mancini, ministre des affaires étrangères, dans une de ses évolutions multiples et lors d'une crise européenne menaçante, se jeta du côté de l'Angleterre, l'un des organes les plus autorisés du prince de Bismarck publia ces lignes : « L'Angleterre ne pourra jamais être aussi utile à l'Italie que l'Allemagne peut lui être nuisible, si *elle veut une fois prendre en main la question romaine*[1]. » Et un autre jour : « Prenez garde ! si vous perdez notre amitié, vous *abandonnez le boulevard qui protège l'occupation de Rome.* »

La question romaine est encore, si l'on veut, pour l'Italie, le spectre shakespearien que, dans le banquet de la diplomatie européenne, la puissance prépondérante, — Allemagne ou France, — fait et fera apparaître, au moment opportun et à son gré. En ce jeu d'équilibre qu'une tactique savante prolonge entre la Papauté et l'Italie, n'est-ce pas elle dont le grand prestidigitateur de Berlin a usé et abusé pour adresser à l'alliée, parfois récalcitrante, soit quelque propos de table *(tischreden)*, tel que celui du mois de février 1884[2], soit quelque admonestation « amicale » du genre

---

1. *Allgemeine norddeutsche zeitung.*
2. « Je pense tout le premier qu'il faut rétablir un certain pouvoir tem-

des articles qui heurtèrent, avec une si dédaigneuse
âpreté, sans aucun risque de représailles, les suscep-
tibilités italiennes?

N'est-ce pas elle qui a permis au chancelier d'in-
terdire à l'Italie toute politique personnelle, de la
tenir à l'attache, de l'enchaîner à une alliance sous
laquelle se déguise l'abdication d'ambitions naturelles
sur les rives de l'Adriatique, et dont les feuilles alle-
mandes ont paru définir assez exactement la nature
en la réduisant à une sorte de vassalité?

N'est-ce pas elle qui, en même temps, faisait surgir,
à l'autre extrémité de l'horizon, de fantastiques inquiétudes? N'a-t-on pas vu, en 1883, un homme du carac-

porel ; je veux dire que Rome doit être rendue au Pape, sans qu'il y ait lieu
pour cela de risquer une conflagration européenne. »

Bien entendu, l'*Allgemeine zeitung* démentit le propos ; mais quelque
temps après, éclata la retentissante boutade des *Grenzboten* :

« Une visite de souverains étrangers à Milan et à Venise n'aura jamais la
même valeur qu'une visite faite à Rome, et l'empereur d'Autriche s'abstien-
dra toujours d'y aller...

« Le palais du Roi n'est pas assez éloigné du palais des Papes, toutes ces
difficultés n'existeraient pas si la Cour italienne et le palais de la *Consulta*
se trouvaient sur un autre point de l'Italie...

« Le gouvernement n'est pas encore assis à Rome : Nous sommes convaincus qu'une grande partie des *blancs* quitteraient volontiers une demeure
inhospitalière. Et ce retour n'aurait rien de blessant pour l'orgueil de la
nation et de la dynastie. La politique pratique ne connaît pas les suscepti-
bilités. Ici, il ne s'agit que de décider si les conditions actuelles de l'Italie
servent ses intérêts, ou s'ils exigent un changement.

« La dynastie n'est pas encore tellement enracinée qu'elle ne puisse être
ébranlée par un acte impopulaire. Voilà pourquoi il faudrait renforcer les
éléments conservateurs, en leur donnant satisfaction. Ce serait, avant tout,
l'avantage de la dynastie, plus encore que celui de la Curie romaine. On ne
peut dire combien durera cette déplorable situation. Mais un événement
imprévu peut provoquer un bouleversement. »

tère et de la situation du comte Cadorna partir en guerre contre un fantôme des Mille et une nuits, et dénoncer à son pays la marche prochaine d'une armée française sur le Capitole ? N'a-t-on pas vu le journal de M. Crispi, emboîtant le pas au ministre-président du conseil d'État, engager l'Italie à prendre ses précautions contre une guerre franco-vaticanesque, dirigée par qui? Par le chef du ministère français d'alors, M. Jules Ferry[1] ?

Certes, nous regretterions qu'un mot, confié à ces pages, fut pris, au delà des Alpes, pour une désobligeante ironie, et parût démentir des sympathies qui ont triomphé de plus d'une épreuve ; mais, en vérité, ces alertes de tous les instants,

> ..... Ces assauts divers,
> Empêchant de dormir, sinon les yeux ouverts,

ne forcent-ils pas de penser involontairement à ce héros d'une fable célèbre qui, jour et nuit

> ..... Faisait le guet,
> Et, toujours douteux, inquiet ;
> Un souffle, une ombre, un rien, tout lui donnait la fièvre.

N'est-ce pas à ce sort peu enviable, et sans profit bien net, que, de par la question romaine, l'Italie se condamne, depuis dix-sept ans ?

En sorte que, dans une brochure qui, par son origine comme par le talent de l'auteur, fixa l'attention du monde politique, on a pu lire cette phrase, où la situa-

1. Lettre à la *Deutsche Revue*.

tion du royaume d'Italie était peinte avec une singulière finesse :

Si l'Italie doit être, sous un rapport, qualifiée de geôlière du
Pape, elle peut, par contre, être appelée prisonnière du Pape [1];

En sorte encore que le roi Victor-Emmanuel a pu
dire, à Rome (un an avant sa mort), à un très haut personnage qui lui tenait de près : « Il y a ici un prisonnier, et ce n'est pas le Pape ! »

En sorte, enfin, qu'un défenseur très autorisé de
l'Italie nouvelle, l'ancien secrétaire général du baron Ri-
casoli, le regretté Celestino Bianchi, ne craignait pas,
il y a trois ans, de définir ainsi la situation de l'Italie à
Rome : « Nous sommes entrés à Rome sans le vouloir;
nous y restons malgré nous, faute de savoir et
pouvoir en sortir. »

Être prisonnier dans Rome, — rester à Rome parce
qu'on ne peut s'en échapper : une telle situation, quoi
qu'en disent les publicistes de l'école libérale au delà
des Alpes, ne saurait être admise comme le dernier mot
de l'habileté politique des Italiens. Ce ne serait pas la
peine d'être les « fils de Machiavel », pour en arriver à
déclarer, devant une difficulté qu'on s'est créée à soi-
même, si redoutable soit-elle, qu'on *ne voit pas comment en sortir* [2].

Si tels sont pour l'Italie les résultats de la politique

1. *Il Papa e l'Italia* (1881).
2. Lisez le discours de M. Spaventa, à Bergame (20 septembre 1886).

de Rome-Capitale, comment retracer ce que cette politique a valu et vaut pour Rome elle-même ?

Sur ce sol italien, où fleurissent tant de cités reines, qu'a de plus que les autres celle où une cour vient siéger de temps à autre, où se réunissent pendant quelques mois, comme dans une auberge [1], disait M. Crispi, sauf à fuir bientôt à tire-d'aile, les représentants du pays ? où le Pape seul, dans la désertion générale des membres d'un gouvernement dépaysé, met en pratique le mot fameux d'un illustre général français, dans une circonstance mémorable : « J'y suis, j'y reste ? »

Qui oserait dire que Rome s'est couronnée d'un nouveau prestige le jour où, à la loterie des événements, elle a gagné ce que Florence s'est consolée si vite d'avoir tout à coup perdu ? — Ce que Rome a trouvé dans ce titre de capitale, par lequel on la dégrade sous prétexte de l'honorer, des voix amies de France et d'Allemagne le crient au nom de l'art, de la religion et de l'histoire. Elle y a trouvé, elle y trouve chaque jour d'humiliantes décadences, qui l'abaissent à une contrefaçon de Turin, en faisant d'elle un damier, et transformera la ville maîtresse en une ville bourgeoise de quatrième ordre. Achevez vos bâtisses, modernisez la cité deux fois reine, profanez les belles solitudes, brisez les grandes lignes des horizons fameux ;

1. Come in una locanda.

au « génie vraiment romain » (Rômersinn) avec lequel, dit Gregorovius, « les Papes, treize siècles durant, avaient veillé à la garde de Rome », substituez les hautes visées des spéculateurs et les inspirations des sectaires ; et, dans dix ans, vous répéterez vous-mêmes, trop tard peut-être, ce mot prophétique de l'un de vos tribuns : « Rome est la seule ville où il serait fatal de transporter le siège du gouvernement ; et, s'il y était, il faudrait le lui enlever [1] ».

Les économistes sont ici à l'unisson, qu'on le remarque, avec les défenseurs de la haute culture, de l'art antique et de l'histoire.

« On a infligé à Rome un châtiment sous prétexte d'un honneur (*un castigo sotto l'apparenza di un' onore*), honneur qui lui impose des charges écrasantes sans avantages correspondants, et qui fait d'elle la ville la plus disgraciée au point de vue du mouvement économique, industriel et commercial. »

Qui parle ainsi ? Non pas une feuille du Vatican, non pas un interprète des regrets du régime déchu, mais un journal de la Rome nouvelle, la *Gazzetta d'Italia* [2].

Ainsi, la situation présente est « intolérable », selon le Pape ;

La situation est « funeste », selon l'Italie.

1. M. Ferrari.
2. 4 juin 1884.

Or, l'Italie réelle et le Pape n'ont qu'un vœu, un vœu commun : la paix [1].

L'Italie officielle est mise en demeure par le Pape. D'où naîtra la solution ?

1. R. Bonghi vient d'écrire : « Tout le pays attend la paix, et le clergé l'offre. » (*Rassegna nazionale*; article *la Proroga della sessione*, 1er août 1887).

LES NÉCESSITÉS

Qui a médité l'allocution consistoriale du 23 mai et la Lettre récente au cardinal-secrétaire d'État, s'il sait lire et s'il veut comprendre, arrive nécessairement à cette conviction :

Léon XIII n'accepte, et n'a, en effet, pour antagonistes, ni la nationalité ni l'unité italiennes. C'est une ironie, c'est une insulte au bon sens, aux réalités et à l'histoire, de soutenir que prêter au monde, sans la perdre, une ville, — fût-elle Rome, — et son territoire, serait porter atteinte à l'intégrité d'un pays qui, depuis Constantin... jusqu'à Victor-Emmanuel, n'a jamais eu cette ville pour capitale.

M. Renan a écrit, en parlant de l'Égypte : « Une terre qui importe à ce point au reste du monde ne saurait appartenir à un peuple. Elle est neutralisée au profit de l'humanité. » Que ne doit-on pas dire, si l'on parle de l'enceinte sacrée que le scepticisme lui-même a dénommée « la ville commune et universelle, la ville métropolitaine de toutes les nations[1] ».

1. Montaigne. Liv. III, chap. IX.

Enlever à Rome son caractère, ou du moins, quelque chose de son caractère universel, c'est diminuer la valeur de ce « capital moral » qui est l'apanage du monde entier. L'interpellateur de Monte-Citorio, le député radical Bovio, n'a pas été, du moins, insensible à cette vérité, tout en se méprenant sur ses conséquences : « Ce que nous avons apporté à Rome, n'avait-il pas craint de dire à ses compatriotes, est moindre que ce que nous y avons trouvé. Il y a ici des hommes qui parlent *plus romainement* que nous, c'est-à-dire plus universellement [1]. »

Et en effet, quelle destinée se propose-t-on d'assigner à Rome? La Rome des Césars a régné sur le monde subjugué ; la Rome des Papes a régné et règne sur les esprits : sur quoi règnerait la Rome des Italiens?

Tout en restant partie et demeurant la gloire de la patrie italienne, Rome est donc le patrimoine des nations. Prétendre l'absorber dans l'une, c'est porter atteinte au droit impérissable des autres; et ce n'est pas, ce semble, humilier l'Italie que d'en faire, par une de ses villes, le centre d'attraction de l'Univers.

L'Italie est donc la première intéressée à ce que Rome reste à sa place.

Un éminent diplomate, essayant de sonder, en ce qui est de la question romaine, les intimes pensées du prince de Bismarck, lui disait, il y a peu de temps : « On ne saurait parler devant vous de la restitution de

1. Séance du 3 décembre 1886.

Rome au Saint-Siège, puisque, dans les traités récents, vous avez garanti à l'Italie l'intégrité de son territoire.
— Oh ! répondit le chancelier, j'entends par là l'intégrité du royaume vis-à-vis de l'étranger ; cela n'a rien à faire avec la restitution au Pape d'une fraction quelconque des anciennes possessions du Saint-Siège. »

Ainsi le comprennent ceux des libéraux italiens qui n'adorent pas les fétiches, qui n'ont point acclamé, en M. Depretis, sur les ruines de la Roche Tarpéienne, le grand-prêtre de Jupiter Stator[1], et qui ne subordonnent pas l'avenir de leur pays au plaisir problématique de siéger là où chantèrent les blanches ennemies de la Gaule, — les oies, — écrivait d'Azeglio.

Parler de conciliation, disent-ils, sans vouloir faire à ce grand intérêt le moindre sacrifice ; prétendre conserver jusqu'à la dernière parcelle de ce qui a été enlevé à la Papauté ; vouloir en somme que le spolié, — il faut appeler les choses par leur nom, — fasse de nouveaux sacrifices sans que le spoliateur en fasse aucun, est simplement absurde[2].

Léon XIII, disons-nous, n'a pour adversaires ni la nationalité ni l'unité italiennes. Il a, par contre, — il faut que l'Italie officielle en prenne son parti, — pour témoins sympathiques, les gouvernements des deux mondes ; pour alliée plus ou moins déclarée, la diplomatie européenne, laquelle semble faire aujourd'hui

1. Discours de M. Depretis lors de la pose de la première pierre du monument de Victor-Emmanuel (mars 1885.)

2. « ...Semplicemente assurdo. » (*Rassegna nazionale*, 15 juin 1887, p. 793)

son *meâ culpâ* des défaillances de 1870 ; pour auxiliaires, celles des nations qui sont intéressées (et quelles ne le sont pas ?) à voir le chef de l'Église conquérir une sécurité qu'elles ne jugent pas en opposition avec les droits, — non contestés d'ailleurs, — de la patrie italienne ; — pour complices, enfin, affirmons-le très haut, toutes les forces morales, quelles qu'elles soient, même les forces religieuses dissidentes, même les forces purement philosophiques, parce que toutes, à des degrés divers, voient, dans le vieillard désarmé en qui se résume la vie de l'Église catholique, le représentant de l'indépendance des âmes et la personnification des droits de l'Esprit contre la Force[1].

En une telle situation, quel adversaire reste à Léon XIII ? Un seul : non pas l'Italie, mais le gouvernement italien.

Fait bien grave pour ce gouvernement ! éventualité que redoutaient les politiques de « la grande période nationale » comme le plus formidable péril qui menaçât l'Italie nouvelle, et qui ne pouvait naître au reste que dans l'effarement d'une catastrophe et dans les ténèbres d'un bouleversement européen !

Ne dites pas que l'Italie officielle obéit, dans sa résistance à toute transaction, à l'inébranlable volonté du pays appuyée sur une foi profonde. Qui a suivi pas à pas l'histoire de la Péninsule, de 1859 à 1870 ; qui a vu de près les hommes et les choses, aux moments décisifs

1. V. *la Revue bleue* du 26 mars 1887.

d'Aspromonte, de Mentana, et du 20 septembre ; qui a saisi, dans ces crises redoutables, la main de puissances étrangères, perfides inspiratrices d'une Italie sectaire contre la France [1], sait ce qu'il y a eu de superficiel et de factice, dans le mouvement qui a poussé non pas l'Italie, mais le ministère italien, contre Rome. Aujourd'hui encore, Rome-Capitale est un dogme auquel ceux qui l'enseignent croient d'une foi bien mal assurée. « De toutes les villes du monde, écrivait la *Nazione*, il y a un an, Rome était la moins propre à devenir une capitale moderne ; » et n'est-ce pas dans l'un des organes les plus autorisés du libéralisme italien, dans la *Perseveranza*, qu'au mois de novembre dernier, à propos du voyage un instant supposé de l'empereur d'Autriche à Rome, on a lu ces lignes :

Notre droit sur Rome semble si peu durable, que nous avons perpétuellement besoin de l'affirmer et de l'entendre affirmer. Nous avons l'air de gens qui, pour se persuader qu'ils ont des jambes, ont continuellement besoin de se les palper. (*Abbiamo l'aria di gente che, per persuadersi di possedere le gambe, devesse continuamente toccarsele.*)

Que s'il en est ainsi, quelle raison les représentants de l'Italie actuelle donnent-ils donc de l'acharnement avec lequel ils persistent dans la voie qui, beaucoup

---

1. L'incident de Mentana et le coup de main de la *Porta Pia* n'ont été diplomatiquement que des manœuvres de la Prusse contre la France. Pour le triomphe de la première, il fallait, à tout prix, du sang entre la France et l'Italie. Et comment oublier la pression décisive exercée en 1867, sur M. Rattazzi, par le comte d'Usedom, et en 1870, sur M. Lanza, par le comte d'Arnim ?

d'entre eux l'accordent, risque de mener le pays aux abîmes ?

Une seule raison, une seule et perpétuellement la même : le *fait accompli*.

Or, le fait accompli, que l'Italie y prenne garde ! n'a jamais été une solution contre la Papauté. Le fait accompli est un mot pour une puissance qui, après toute catastrophe, laisse patiemment à la logique, à la force des choses, au droit, à l'histoire, le temps de reprendre possession des faits.

Le temps ! disent souvent les politiques de l'Italie nouvelle, *le temps et la mort :* deux grands ministres dans la conduite des affaires humaines !

Le temps importe peu à qui dispose des siècles ; c'est aux pouvoirs d'un jour à compter avec lui. N'est-ce pas Léon XIII qui disait, il y a cinq ans déjà : « Un conflit dans lequel sont engagés les intérêts les plus vitaux de l'Église et la paix du monde chrétien ne se résout point *par le bénéfice du temps*[1] ! » Quant à la mort, Léon XIII a succédé à Pie IX ; le calcul diplomatique et l'esprit de méthode à la fougue du sentiment et aux élans de la passion : qu'y a gagné l'Italie officielle ?

Cosa fatta capo ha ! Les faits sont les faits, objectent ceux mêmes des publicistes italiens, et ils sont très nombreux, qui déplorent amèrement et consi-

____

1. Discours au cardinal di Pietro, doyen du Sacré-Collège, pour le quatrième anniversaire du couronnement (1882).

dèrent comme une faute — bien plus qu'un crime — la violation de Rome et l'installation au Quirinal du gouvernement italien.

« Les faits sont les faits ; » sans doute. Mais n'est-ce pas un fait également que l'état actuel des choses — on le confesse, — est une source de maux ? N'est-ce pas un fait que cette situation empêche de constituer dans le Parlement « le véritable parti conservateur » ; et un homme d'État tel que Minghetti n'a-t-il pas mis ce fait au nombre des périls qui menacent, le plus directement, l'Italie[1] ? N'est-ce pas un fait que, par suite de la présence du gouvernement à Rome, le royaume est contraint de dévorer l'humiliation de voir les souverains étrangers refuser de rendre au roi d'Italie les visites qu'ils ont reçues de lui, et que récemment encore, les journaux italiens retournaient le fer dans la plaie ? N'est-ce pas un fait évident, palpable, sensible à l'Europe et au monde, qu'en définitive ROME EST UNE CAPITALE QUI N'EN EST PAS UNE ?

Ces faits-là sont-il donc un pur néant ? Or, de cet ensemble de faits et du fait de la présence du gouverment à Rome, lequel est le plus grave, le plus digne d'être pris en considération ? Lequel par conséquent

---

1. V. le discours prononcé par l'illustre orateur, le 12 mai 1883 : « Non avemmo finora sventuratamente un vero partito conservatore ; dico sventuratamente con piena avvertenza e con tutto l'animo... Se vi fosse un partito conservatore dentro questa Camera, esso avrebbe rappresentato delle idee e dei sentimenti che esistono profondamente nel paese, ma che qui mai non si odono... »

doit être déclaré le plus décisif, le plus immuable, et pour tout dire, le plus *intangible?*

Bon pour le radicalisme, pour le *Secolo*, la *Riforma* (avant la lettre) et la *Capitale;* bon même pour un journal « modéré » tel qu'était la *Rassegna*, de répondre à ces questions par la menace ingénieuse de « faire sauter le Vatican », et de tenir en réserve, pour la solution du problème, le pétrole et la dynamite; il s'agit, pour les hommes politiques de traiter sérieusement les choses sérieuses.

Or, ce n'est pas en Italie seulement que des chefs d'État se sont trouvés en présence de faits accomplis.

En Allemagne aussi, on se trouvait en présence de situations prises, et d'un amour-propre national mal engagé. Il y avait là tout un arsenal législatif construit en vue d'une guerre à outrance, et une série de forteresses où se retranchait l'orgueil d'une nation fière de ses armes. Et du haut de ces forteresses on avait fait entendre le défi : « Nous n'irons pas à Canossa! »

Eh bien! le chancelier de fer a montré qu'en politique le fer devait parfois être flexible. Il s'est dit sans doute, d'ailleurs, que si la force morale ne peut, sans se détruire, céder à la force matérielle, la force matérielle et militaire, par contre, peut, sans s'amoindrir, s'incliner devant la force morale; il savait enfin que la supériorité de l'homme d'État consiste non pas à se briser contre un obstacle, mais, l'obstacle reconnu, à le tourner, en changeant de route. Voilà ce qu'on a vu en

Allemagne. Or, franchement, le niera-t-on? il y avait plus loin de Berlin à Canossa qu'il ne peut y avoir de Canossa à Rome.

Si donc l'Italie arrive une bonne fois à la conviction que la Papauté — je ne dis pas seulement le Pape, — se refuse et se refusera (Léon XIII le déclare une fois de plus), quoi qu'il arrive, au genre de conciliation qui lui est offert, c'est-à-dire, à la suppression des conditions de son existence indépendante, à l'anéantissement de la *partie irréductible* de ses revendications; si l'Italie, disons-nous, voit le Saint-Siège se retrancher, vis-à-vis du gouvernement italien, derrière la parole même du fondateur de l'unité italienne[1]; si une telle situation se produit, on peut le demander, que fera l'Italie?

Ce que fera l'Italie? — La guerre! ont répondu certains publicistes.

Mais premièrement, a dit un homme qui a su faire la guerre, « la guerre n'est pas une institution. » Or, à quoi bon la guerre si elle ne mène pas à la paix? — En second lieu, calculez : La guerre à fond contre la Papauté, en Italie, c'est la guerre à tout l'ensemble des institutions séculaires; c'est la main mise sur tous les corps ecclésiastiques et sur les revenus du clergé; c'est, on l'a vu déjà, la chasse ridicule et impuissante aux sœurs et aux moines; c'est la fermeture des écoles libres; c'est le défi à toutes les forces conservatrices; c'est, dans un bref délai, l'immolation des traditions,

1. V. p. 32.

des mœurs, de toute la vie sociale des masses, aux rancunes des politiciens, aux convoitises insatiables d'une minorité violente. Or, à quelle tyrannie jacobine ne conduisent pas fatalement les gouvernements de minorités?

Plus encore, dans la situation actuelle de la Péninsule, la guerre à la Papauté c'est l'alliance forcée, on aura beau s'en défendre, avec le socialisme aggressif, avec les Loges et les sectes; c'est le déchaînement de cette *schiuma* révolutionnaire qui, à travers la Papauté, entend bien parvenir à la monarchie, et qui en hurlant *Roma o morte!* vocifère aussi *Viva Passanante!*

Ce que cette tourbe des *meetings anticléricaux* tient en réserve pour l'Italie, on l'a dit en termes très graves qu'il n'est pas inopportun de rappeler : « ils ruinent plus encore que la Papauté; ils ruinent la société même et l'Etat. Et nous savons ce qu'ils détruiraient encore; car l'unité de l'Italie est faite d'hier et non encore consolidée sous plus d'un rapport; or, rien, pour aujourd'hui, n'en garantit l'éternité[1]. »

Ainsi la guerre contre la Papauté est impossible parce qu'elle serait fatale, et qu'elle est sans issue : « Toute pensée irréligieuse, s'écriait un jour M. Thiers, est une pensée impolitique. » Qu'en serait-il, pour un État dont les bases sont encore mal assises, d'une ag-

---

1. « ...E qui noi sappiamo che cosa disfarebbero ancora : poiché l'unità d'Italia è stata fatta ieri e non ancora saldata bene in ogni rispetto; e niente per ora la garantisce eterna. » (Bonghi ; *Leone XIII e il governo italiano*. Voir à ce même point de vue un article de M. Gabba, dans la *Rassegna nazionale*, du 16 août 1887.

gression systématique et à outrance contre la première force religieuse de ce monde? On l'a dit aussi, et ce mot s'applique à l'Italie, comme il s'appliquait et s'applique encore à la France :

C'est une vérité consacrée par l'histoire que, toutes les fois qu'il existe une religion professée par une immense majorité, il faut, ou que le gouvernement contracte avec elle une alliance fondée par l'intérêt d'un appui réciproque, ou qu'il la détruise, sauf à être détruit par elle [1].

L'Italie de M. Crispi se sent-elle de force à détruire la Papauté?

Un rapprochement de l'Italie et de la Papauté est donc tout ensemble, pour la seconde un *desideratum* reconnu et avoué (*vehementer expetimus*), pour la première un intérêt de premier ordre, disons plus, une absolue nécessité ; or, l'Italie sait aujourd'hui, sans pouvoir s'y méprendre, quelle voie, et « quelle voie unique est ouverte aux transactions et à la paix [2] ».

Qu'on ne prétende pas que, — les idées générales et la nécessité d'une réconciliation étant, par hypothèse, admises en principe, — la solution réclamée par le Saint-Siège est désormais irréalisable. Les objections d'ordre pratique dont tout le monde se rend compte [3] tombent devant cette seule et décisive

---

1. Royer-Collard, discours du 26 messidor an V.

2. « ... Non veggiamo altro adito aperto agli accordi e alla pace. » (Lettre du Pape.)

3. M. Bonghi a énuméré ces objections dans l'article *Risposta* (*Rassegna nazionale* de juillet 1883.)

considération que le jour où l'Italie croirait devoir, en dehors de toute pression étrangère, entrer dans la voie où Léon XIII l'appelle; le jour où elle aurait compris qu'au nom même de ses plus clairs intérêts, il importe non pas certes de refaire le passé, mais d'organiser, dans le cadre de sa constitution nationale nouvelle, les conditions nouvelles d'existence extérieure de la Papauté, ce jour-là elle saurait agir avec une spontanéité assez intelligente pour faire disparaître les difficultés, très grossies d'ailleurs, d'application et de mise en œuvre.

La seule question est celle-ci : la solution est-elle nécessaire? Si oui, le rôle et l'honneur des hommes vraiment politiques, des hommes qui auraient le courage, en dédaignant le présent, de s'emparer de l'avenir, serait de travailler à rendre *possible* ce qui est reconnu *nécessaire;* et comment le nécessaire pourrait-il ne pas, tôt ou tard, devenir possible?

La solution se fera donc; elle se fera dans des conditions plus ou moins favorables pour l'Italie, comme pour le Saint-Siège, selon qu'elle sera plus ou moins prompte et plus ou moins spontanée. Quels en seront « le moment, la mode, la forme[1] »? Ce n'est pas le lieu de le rechercher. Mais cette *forme,* ce *mode,* ce *moment,* en dépit du furieux acharnement des sectes,

1. V. la brochure qui commandait, à tous égards, la plus sérieuse attention : *Leone XIII e la Storia,* risposta à R. Bonghi, d'un Prelato Romano. (Rome, 1883.)

du parti pris des doctrinaires, de la cécité de certains groupes politiques[1], seront déterminés soit par l'initiative hardie d'un homme, soit par la puissance providentielle des événements.

Ne craignez pas que Léon XIII oublie les conditions d'un état social nouveau, et en particulier les conséquences politiques de la révolution nationale italienne ; qu'il méconnaisse « les exigences des temps[2] », et ne tienne pas compte à la fois et des *nécessités* et des *impossibilités*. Un esprit tel que le sien est au niveau de toutes les idées et au-dessus de toutes les situations.

Et qui sait ?... Si l'Italie, dédaigneuse de préjugés vulgaires, avait l'audace d'une résolution héroïque, résolution que les esprits à courte vue traiteraient d'insensée, qu'à coup sûr les sectes maudiraient, que les politiciens du gouvernement actuel de Rome qualifieraient de trahison, mais qui serait simplement, à la fois, et un acte de haute politique et le plus habile des expédients ; d'une résolution qui serait plus féconde en résultats que ne l'a été la décision par laquelle le prince de Bismarck offrait à Léon XIII la médiation hispano-allemande ; si, disons-nous, l'Italie osait à son tour donner le scandale de déférer au

---

1. La politique du *peggio è meglio è* et du *tout ou rien* vient de trouver son expression dans la brochure publiée à Milan : « La question romaine au point de vue financier. »

2. « Facendo ragione alle esigenze dei tempi e ai nuovi bisogni della società. » (*Lettre du Pape.*)

Pontife « qui est en voie, écrivait récemment Ruggero Bonghi, de s'assurer dans l'histoire le titre de Grand [1] », le conflit dont l'initiative ou l'adhésion du Saint-Siège peuvent seuls — qu'on note ce point capital — supprimer la cause, et amener la fin ; qui sait si, échappant à une lutte sans espoir et à des maux sans remède [2], elle n'aurait pas à remercier Léon XIII de pourvoir, tout ensemble, dans son impartiale sagesse, et aux exigences du Saint-Siège dont il a la charge, et aux intérêts de cette patrie italienne, « de laquelle il désire, de toute son âme, écarter les difficultés et les périls [3] ».

Répétons-le donc : la solution est inévitable.

Cette solution, l'Italie réelle la réclame ;

L'Italie officielle la refuse ;

L'Allemagne, en l'acceptant [4], l'ajourne, en vue des

---

1. « ...Pontefice, il quale risica di acquistarsi nella storia l'appellativo di *Grande*.» (*Rassegna nazionale*, article *La Proroga della sessione*, 1ᵉʳ août 1887.)

2. « A questa scissura non si conosce rimedio. » (M. Spaventa, discours de Bergame.)

3. « ...Difficoltà e pericoli... dai quali desideriamo con tutto l'animo sia preservata la patria nostra. » (Lettre du Pape.)

Une plume hautement autorisée écrivait, il a sept ans :

« Le Pape de la réconciliation sera Léon XIII. Plein de douceur et de prudence, connaissant à fond l'histoire de l'Église et de l'Italie, diplomate consommé, au fait des besoins, des erreurs et des fautes des sociétés modernes, qu'on réclame de lui, à la fois, et le pardon et l'appui, et aussitôt, comme le premier Léon, il s'unira à l'Italie pour arrêter les hordes de la barbarie démagogique ; et, sans faire répandre une goutte de sang, il tendra la main à son pays, sauvegardant en lui la double dignité de nation et de siège inviolable de la Papauté. » (*Il Papa e l'Italia*, 1881.)

4. V. p. 77. — Entre autres manifestations de la pensée de Berlin, l'article du *Grenzboten*, plus haut cité, se terminait ainsi :

« En attendant, voici qui est certain : on ne peut admettre de compromis

ténébreuses combinaisons qu'elle ourdit contre la France, et où elle se flatte, en l'obsédant de tentations, d'enlacer définitivement l'Italie ;

La France l'espère, désireuse qu'elle doit être et qu'elle est de voir une arme si dangereuse arrachée. aux mains de l'ennemi.

Malheur aux races latines, si l'Allemagne est favorisée dans ses desseins ! C'en est fait de l'indépendance de l'Europe méridionale, si l'Allemagne réussit à trouver, dans l'ajournement de la question romaine et dans le genre de solution qu'elle prépare, un nouveau triomphe ; si elle parvient à en faire sortir pour la France, en le réalisant, un affaiblissement nouveau ; si elle impose enfin à l'Italie qu'elle abuse, un suicide.

Contre de telles éventualités, l'Europe latine, la France en particulier, n'ont qu'un espoir et qu'une garantie : la volonté de celui qui seul peut-être est en mesure de les conjurer ; volonté traduite par cette parole, qui résume toute une situation et qui l'éclaire : « le Pape est votre seul allié. »

Que celui-là entende qui a des oreilles pour entendre !

que lorsque la Chambre italienne aura abandonné Montecitorio, quand le roi d'Italie sera retourné à Florence ou dans toute autre résidenee plus hospitalière que Rome, et que le Pape pourra de nouveau célébrer la messe au Latran. »

X

CONCLUSION

Le 26 mai dernier, celui qui écrit ces lignes sortait du Consistoire public que Léon XIII venait de tenir au Vatican. En passant au milieu de la place Saint-Pierre, près de l'obélisque, il côtoya un groupe d'hommes du peuple qui, engagés dans une vive discussion, se livraient à une pantomime expressive. Les mots *Papa*, *Italia*, *Roma*, retentirent à ses oreilles; il s'arrêta.

« Vous voulez quelque chose? dit un des *popolani*.

— Rien. Peut-on écouter?

— Vous venez du Vatican?

— Oui, j'ai assisté au Consistoire.

— Et qu'avez-vous vu?

— J'ai vu les cardinaux, les ambassadeurs et le Pape porté sur la *sedia* par une dizaine de Suisses.

— Ce n'est pas par dix Suisses que nous voulons voir porter le Pape sur la *sedia;* n'est-il pas vrai? reprit le popolano en se tournant vers ses camarades, c'est par deux cent mille Romains!

— Il faut dire cela à ces messieurs de Monte-Citorio, répliqua l'interlocuteur.

— Les députés! Ce sont des... »

Et le groupe tout entier applaudit.

L'interlocuteur supprime ici un mot trop peu parlementaire ; mais il dédie ces paroles de *popolani* romains au président du conseil des ministres, M. Crispi. Il les dédie aussi, dans une pensée très différente, au patriote qui, il y a un an, rompit audacieusement en visière à l'opinion officiellement maîtresse ; qui, dans un programme deux fois ratifié par le corps électoral, déclara que la réconciliation avec la Papauté était, pour l'Italie, « la voie la meilleure, sinon la seule pour devenir grande et respectée » ; et qui, sans peur sinon sans reproches, jeta ces mots à des doctrinaires cristallisés dans leurs théories : « Je ne suis pas assez naïf pour croire arriver à un accord moyennant la reconnaissance pure et simple du *statu quo ;* c'est sur la base des intérêts respectifs que l'accord peut et doit se faire. »

L'Italie, à travers le nuage officiel qui lui dérobe l'état réel des choses, entreverra-t-elle la situation qui se prépare? Comprendra-t-elle, *en ce jour qui lui est donné,* la provocation pacificatrice qui, dans un langage dont l'Europe s'est émue, lui a été adressée par Léon XIII? Voudra-t-elle correspondre à la pensée de l'auguste vieillard que non seulement la société catholique, mais la diplomatie des deux mondes entourent de la sympathie respectueuse et de l'adhésion admiratrice qui sont dues à un grand esprit et à un grand cœur? S'élèvera-t-elle à l'intelligence des conditions de paix imposées à la fois par ses intérêts mêmes, par les plus hautes nécessités sociales et par les considérations d'ordre universel contre lesquelles ne saurait prévaloir une susceptibilité nationale comprise à faux et mal engagé? — Nous ne savons.

Ce que nous savons, c'est que, pour l'Italie, l'heure est solennelle, et qu'elle peut être décisive. C'est qu'en certains cas, reculer, en apparence, c'est avancer : qu'elle interroge le prince de Bismarck!

Quoi qu'il arrive, l'opinion européenne est faite; et au-dessus des incidents qui peuvent se produire et retarder, pour un temps plus ou moins long, la solution que le monde politique pressent et ratifie d'avance, plane désormais le jugement sans appel des cœurs droits et des esprits libres.

Le jour prochain où, — pour un grand anniversaire, — les foules émues s'achemineront vers la Ville éternelle (est-ce M. Crispi dont le prestige fera converger vers Rome, de toutes les régions du globe, le flot fécondant de cinq cent mille pèlerins?); où les chrétiens, et, avec eux, beaucoup de sceptiques, envahiront les portiques du temple universel, et, entassés sous la coupole de Michel-Ange, déposeront les hommages du monde aux pieds de la statue du pêcheur de Galilée, ce jour-là, — l'Italie s'obstinât-elle à rester seule, en dehors de l'unanime concours, et à cadenasser la question internationale par excellence dans le cercle rétréci d'une question de politique intérieure; les revendeurs de terrains et les entrepreneurs d'alignement continuassent-ils, d'ailleurs, à disputer à la religion, à l'art, à l'histoire, à la civilisation qu'ils outragent[1], le territoire que les siècles ont rendu sacré, — l'acclamation des peuples n'en ébranlera pas moins l'univers, et, montant jusqu'à Léon XIII, lui dira : « Salut à vous, Prince de la Paix! »

1. Laissant la parole à des juges non suspects, en ce moment, à l'Italie, on rappelle ici le «cri d'alarme» de Gregorovius, *sorti du cœur du monde civilisé*: *Zur Vertheidigung Roms gegen seine heutige Zerstörung* (20 octobre 1885), et *Die Vernichtung Roms*, de Hermann Grimm, dans la revue berlinoise, *Deutsche Rundschau* (mars 1886).

8 Septembre 1887.

TABLE DES MATIÈRES

FIN

IMPRIMERIE D. DUMOULIN ET Cie
Rue des Grands-Augustins, 5, à Paris.

ARBOR PACIS
OLIVA
EST
D D
D. DUMOULIN ET Cⁱᵉ, PARIS